「畢竟不能再讓艾倫小姐看到不堪入目的一面了嘛。」
勒貝
賈迪爾的護衛騎士
體驗入學，一邊觀光吧！」
艾倫
元素精靈
「王兄，您的行動非常噁心。」
希爾
第一公主

「屬下去確認過情報了。」
托魯克
賈迪爾的護衛騎士
「艾倫小姐說過，自己的事遭人口耳相傳。」
佛格
賈迪爾的護衛騎士
「歡迎來到騎士科。」
穆斯可
騎士科的老師

轉生後的我成了英雄爸爸和精靈媽媽的女兒 3

作者／松浦
插畫／keepout

Kadokawa Fantastic Novels

彩頁、內文插圖／keepout

艾倫
主角，元素精靈。外表是小孩，內心是大人（自認為！）。

奧莉珍
艾倫的母親，精靈女王。天真開朗，身材火辣的超絕美人。

羅威爾
艾倫的父親，前英雄。溺愛妻子奧莉珍和女兒艾倫。

凡
風之精靈，敏特的兒子。和艾倫從小一起長大。

索沃爾・凡克萊福特
羅威爾的胞弟。公爵世家凡克萊福特家當家。騎士團團長。

拉菲莉亞・凡克萊福特
索沃爾和艾莉雅的獨生女。不習慣貴族的生活。

伊莎貝拉・凡克萊福特
羅威爾和索沃爾的母親，艾倫都叫她「奶奶」。

羅倫
凡克萊福特家能幹的的總管，艾倫都叫他「爺爺」。

艾伯特
凡克萊福特家的護衛。騎士。以前是羅威爾的護衛。

凱
艾伯特的兒子。受命擔任艾倫的護衛。

拉比西耶爾・拉爾・汀巴爾
汀巴爾王國的腹黑國王。很中意羅威爾。

賈迪爾・拉爾・汀巴爾
拉比西耶爾的兒子（長男）。個性認真，態度溫和。

休姆・貝倫杜爾
年紀最小的宮廷治療師。和精靈艾許特締結了契約。

希爾・拉爾・汀巴爾
拉比西耶爾的女兒（長女）。擅長收集、操作情報。

艾米爾
艾齊兒的女兒。艾齊兒遭到定罪後，和母親分開生活。

人物介紹
character

在精靈城的水鏡之間，奧莉珍已經吐出無數次的嘆息。

她一邊在腦中想像某個人物，一邊將手指伸入水鏡之中使用魔法。在細微的水聲傳出的同時，水中漣漪以手指為中心往外搖曳、擴散。然而，無論等了多久，水中依舊沒有映照出任何東西。

自從對方音訊全無，已經過去好幾百年了吧？奧莉珍偶爾會想起對方，窺探水鏡，卻總是無法映出那人的身影。

「到底去哪裡了呢……？」

水鏡掀起一波波漣漪，不斷搖曳，看來就像那個人已經從世上消失，令人傷心。

無論去問姊姊沃爾多少次，都只是被她笑著轉移話題。

女神是這個世界的中樞，是非常特殊的存在。自從主神將管理世界之責交給她們，奧莉珍就和她的女神姊姊們共同管理至今。

女神擁有永久的生命，因此她們創造出多變的人類當作娛樂，偶爾觀察他們。

由於女神的能力過於強大，不善細膩的作業。為了人盡其才，奧莉珍創造出掌管各種屬性的精靈，讓他們各自管理世界，自己負責統整。

其中，肩負這個世界重要職責的一名孩子，幾百年來都下落不明。

「……要不要再去問一次姊姊呢？」

奧莉珍如此喃喃自語，但她知道到時候又會遭到敷衍，再度嘆了一口氣。

奧莉珍的姊姊是雙女神，她們負責管理、引導這個世界。

既然肩負重要職責的孩子下落不明，雙女神自然不會默不吭聲。但不管奧莉珍怎麼問，她的姊姊依舊什麼也不說，或者該說是什麼也不肯說，代表這件事很可能隱藏著某種重要訊息，也代表這不是奧莉珍該干涉的事。

奧莉珍肩負使用魔素「生出」各種生命的職責，那股力量是最強大的存在，就算只釋放出一點點，也會逐漸膨脹，變成強悍的力量。

過去遭遇魔物風暴時，羅威爾之所以會在解放奧莉珍的力量後倒下，也是因為奧莉珍的力量流過羅威爾這個媒介時，羅威爾的身體無法負荷導致。只要奧莉珍牽涉其中，就算本人沒有那個意思，也會產生難保歷史改變的扭曲。

虐殺精靈也是，儘管雙女神已經事先知曉這件改變歷史的事件會發生，依舊沒有告知奧莉珍。

『這件事非常重要，該發生的事情就是會發生，介入也沒有用。』

想起當時姊姊的這句話，奧莉珍連連嘆息。身為母親，看不到自己創造的孩子，理所當然會掛念。

（我對其他孩子明明不會這麼擔心……）

奧莉珍從前不會這樣。雖說擔心，那也是最近的事。

女神活在永久的時光當中，她們的想法已經停滯，或者該說欠缺了某個部分，身為子女的精靈也是一樣。

明明是萬物之母，奧莉珍卻不懂何謂「家人」。原因是——精靈和人類的家庭概念完全不同，此外，他們也欠缺那種「感情」。

艾倫身上流著精靈和人類的血，而且繼承了生前的記憶，所以她能將人類和精靈一視同仁地珍惜。也有可能是因為年紀輕輕就轉生，讓她懂得珍惜家人，同時將子女喜愛父母的心情表露無遺。

作為孩子，艾倫十分遷就父母。正因為曾經失去，她才極為重視家人之間的情誼。看在雙親眼裡，艾倫這樣的心意是很貼心的愛情表現。

艾倫敏銳地感覺到羅威爾對家人的想念，因此自願成為雙方的橋梁。奧莉珍默默看著這樣的她，自己也在不知不覺間產生了變化。

奧莉珍以水鏡聯絡雙女神，能夠洞悉一切的沃爾隨即開口：

『也對……時機應該差不多了。我想近期會有書信送過來。』

「……書信？」

精靈界根本沒有寫信的習慣。見奧莉珍一臉困惑，沃爾笑著回答：

『艾倫會幫妳找到的。』

「艾倫……？」

看似心心念念的回答卻並非答案。正當奧莉珍想著「艾倫會幫忙找到」是什麼意思時，沃爾留下一句「妳很快就會知道了」，就這麼從水鏡裡消失。這意思恐怕是「插手也沒用」吧。

「唉……」

雖然在意，到頭來事態依舊沒變，反而增加了艾倫可能會被捲入什麼事情的不安。奧莉珍又止不住嘆息了。

第十話　宣告動盪的書信

拉菲莉亞被綁架後經過半年，如今凡克萊福特領已經搖身一變，成了任誰都稱羨的土地。

開採礦物和藥品交易的所得全都廣泛用在設立領地內的治療院、購買各種備品、藥品，以及僱用治療師和警備騎士上。

如今，隨著來到這裡的人越來越多，房屋需求也跟著提高。在艾倫的建議下，他們決定建造「公宅」。連為了求職才來到這裡的人們，艾倫也主動出手協助。

凡克萊福特領對於國家而言，原本就相當於軍事基地，既是距離王都最近的領地，也有許多大型馬車往來，加上領地內飼養眾多軍馬，每條街道都非常寬廣。

艾倫推動領地改革之後，不只開闢了小麥田，甚至新闢了甜菜田還有玉米田，作為砂糖的原料。這些植物的菜渣和葉子最適合拿來餵養家畜，尤其領地內有在飼養軍馬，不會造成浪費。

艾倫還悄悄煎了小麥的種子做麥茶，拿玉米鬚來泡茶。這些東西沒有咖啡因，可以當作治療院的飲品。

此外，多虧艾倫拜託精靈幫助帶來的效果，凡克萊福特領的作物持續豐收，要採買也很容易。加上這裡移動方便，道路寬廣，擺路邊攤的人增加，大街上總是人滿為患。

不知是多虧王都已經可以開始提供藥品，又或者人們的身體逐漸好轉所賜，絡繹不絕造訪的病患們開始慢慢減少。

然而，就算疾病已經痊癒，離開凡克萊福特領的人卻是少之又少。在豐收的影響下，物流需求滿溢，由於人手不足，工作總是做也做不完。

自從汀巴爾王國發生魔物風暴以來，已經許多年沒這麼熱鬧了。沒有人料想得到，這整件事竟會產生這種效果。

儘管患者增加，求藥之人導致治安惡化，持續了一段緊張的日子，但索沃爾在拉菲莉亞被綁架的事件中對出身平民的女兒也尤其重視的姿態，在領地廣為流傳，所以領民對於政策也非常配合。

如今索沃爾搖身一變成了大忙人，時時在王都與領地間奔走。

唯有一件事，由於被廣為流傳，如今已是人盡皆知。

那就是——被擄走的凡克萊福特家的千金小姐是領主的女兒，帶了藥來的則是英雄的女兒。

領地內的用藥都是由艾倫、羅威爾和索沃爾一起拿到治療院。儘管艾倫會掩人耳目行

動，傳言依舊經由前來治療院接受治療的人們口中慢慢傳了出去。

艾倫的樣貌和拉菲莉亞大相逕庭——這件事也隨之人盡皆知。

*

「信？」

羅威爾和索沃爾、伊莎貝拉在一陣對視後皺起眉頭。

羅威爾聽聞索沃爾有要事商量，因此來到宅邸。才剛抵達，索沃爾就連同招呼一起把信遞了出來。儘管一旁母親的存在令人在意，羅威爾還是先看了信件內容，然後說了一句：

「這是什麼玩意兒？」隨意甩了甩那封信。

「抱歉，大哥。他們不曉得從哪裡查到艾倫的存在……」

索沃爾抱著頭，似乎打從心底感到傷腦筋。他之所以把信交給羅威爾，是為了請教他的判斷。

信上署名「汀巴爾王國學院」。索沃爾的女兒——拉菲莉亞已經在那所學院就讀，這是寄給艾倫的。

「這種事問本人比較快吧。喂——艾倫、奧莉！」

羅威爾對著天花板大叫，索沃爾等人不禁瑟縮肩頭。

「慢、慢著，羅威爾！」

羅威爾無視伊莎貝拉的制止，一臉滿不在乎的樣子。下一秒，艾倫和奧莉珍問著「怎麼了？」並現出身影。索沃爾他們不禁嘆息。

羅威爾不顧他們的反應，簡單解釋了書信內容，艾倫聽了卻是一頭霧水。

「……學院嗎？」

「就是人類學習的地方。順帶一提，爸爸我也是那裡畢業的喔。汀巴爾的貴族都有義務就讀學院。」

艾倫對羅威爾的說明並沒有多大的興趣，只回了一句：「是喔。」學校啊——艾倫回想起從前的事，感到有些懷念。

「可是我是精靈耶。」

「是啊～」

見羅威爾若無其事地這麼笑道，奧莉珍似乎是回想起了羅威爾的學院生時代，兩人熱絡地聊著當時的回憶。

但索沃爾他們卻依舊苦惱。那讓艾倫不禁感到疑惑，歪著頭思考到底是怎麼了。

「……艾倫，對不起。」

「為什麼叔叔要道歉？」

「這封信寄來這裡，代表妳被視為這個國家的貴族了……」

「呃，意思是……」

「事情的開端是因為我去訂製艾倫和拉菲莉亞的衣服才會這樣。」

伊莎貝拉這麼說，道了歉，顯得很消沉。

擁有孫女這件事讓她很是歡喜，因此她替艾倫和拉菲莉亞買了大量的衣服。

但她們兩人的體格完全不同。凡克萊福特家有兩個體格不同的女孩——消息似乎就是由此走漏。

「我姑且還是有馬上訂正這件事，我說大哥已經入贅別人家，艾倫並沒有本國國籍，可是不知為何不被採信……」

「嗯……會不會是不希望本國英雄被其他國家搶走呢？」

現在羅威爾和索沃爾一起經營著這塊領地。那些人大概是認為，既然已經確定羅威爾有女兒，為了確保羅威爾不落入他國手中，就將焦點放在女兒身上，這樣他或許會滯留在本國幾年。

如果是貴族就讀的學校，和腹黑……不對，和汀巴爾國王也有密切的關聯吧。換言之，他為了留住羅威爾，把艾倫當成籌碼了。

「到頭來不都是爸爸的問題嗎！」

「好痛，抱歉，抱歉啦。」

艾倫氣得捶打羅威爾，但他喊著痛，看起來卻很開心。為了封印艾倫的雙手，羅威爾抱

緊她，並磨蹭她的臉頰。

「我已經回信拒絕學院的邀請了……但他們還是一直寄來，實在很傷腦筋。」

見索沃爾發出嘆息，艾倫不禁覺得愧疚。這個國家規定從十二歲開始到十六歲成年為止，都必須進入學院就讀。

這個家在兩個月前已經將拉菲莉亞送入學院。索沃爾原本以為只要拖過入學典禮，對方就會放棄，沒想到竟還學不乖，一直寄信過來。

「最後甚至還說是我們不履行貴族的義務，要遣送使者過來……」

艾倫眨了眨眼，只覺得這未免也太小題大作了。如果不履行貴族的義務，可能會被國家問罪，但如此執著在艾倫身上實在令人費解，索沃爾也只能不斷嘆息。

「是喔……」

學校。生前的學校生活，艾倫確實覺得很有趣。但既然她有記憶，就代表已經體驗過了。這讓她覺得事到如今再去上學也沒有意義。

如果是貴族，由交友、穩固人脈這些方面來看，應該會樂於前往學院就讀。尤其今年就要畢業的賈迪爾和他的弟弟拉蘇耶爾現在想必都在學院裡。

想和王子有直接交情的人或許都會很開心，但站在艾倫的角度，他們卻是她最不想扯上關係的人。

在日本，學院這個名詞是多數私立學校會使用的校名。不過在這個世界，學院就像修道院，是一種遵守著戒律的共同生活體系。

艾倫對其中的管理體制有些興趣，但關於這個世界的事，她已經透過羅威爾有了某種程度的認知，她想就算她去上學，應該也沒辦法學到什麼。

「……我去學院就讀，對凡克萊福特家有什麼好處嗎？」

「沒有。」

「沒有耶。」

「並沒有。」

索沃爾、伊莎貝拉，甚至站在一旁的羅倫都立即回答。

「而且該教的事情，我已經親自教過艾倫了嘛。」

「就是說呀～」

聽見羅威爾的話，索沃爾等人都瞪大了雙眼，艾倫卻不解他們為何要露出那種表情。

「我的女兒學得讓人嘖嘖稱奇，我喜出望外，不小心就……」

見羅威爾傻笑，索沃爾他們各個無語。

「大哥親自教艾倫……？」

仔細一問，才知道羅威爾以前在學院中別說是秀才，根本是個天才，而艾倫說自己已經被這樣一個天才教過了。艾倫現在十二歲，以貴族來說，她會的東西是接下來才要學習的。

這下，伊莎貝拉總算明白艾倫之所以那麼聰慧的緣故了。

以艾倫的情況來說，因為她有生前的記憶，她覺得自己不過是聽羅威爾說說這個世界的組成，沒什麼大不了的。但現在看來，這似乎是一大問題，讓她有些良心不安。

「艾倫已經學完要在學院學的事情了。學院是有個和精靈交流，然後締結契約的活動啦，可是她自己就是精靈了啊。」

「而且除了這個領地，我也不想擴大和人界的交流……」

說實話，雖說她有羅威爾教導，其實也只學了這個世界的構造以及普通常識。艾倫是精靈，像儀式、禮儀這類事情大概與她無緣，也就沒特別去學了。她學得興致勃勃的知識，頂多就是戰略、戰術、戰法這類學問吧？

此外，艾倫有個一碰到好奇的事物，就會獨自去調查的習慣，所以就算不教她，她在不知不覺中學會知識也已是稀鬆平常。有鑑於此，羅威爾更覺得沒有必要特地將艾倫送去教育場所。

羅威爾和艾倫的答案一致。他們同時看了索沃爾一眼，並露出笑臉表示：努力說服使者吧！索沃爾見了，依舊只能嘆氣。

「王室的人也在學院就讀，我的女兒和艾齊兒的女兒也在裡面，所以我知道不能讓艾倫靠近那種地方。可是他們這麼死纏爛打，我也不知道該怎麼應付……」

艾倫不會主動靠近索沃爾剛才提到的那些人，但他們全是些讓人忍不住覺得會引發什麼

問題的人物。

艾倫確實不怎麼想見到拉菲莉亞。只能說她們實在太不對盤了。光是由會炫耀自己的胸部大小這件事來看，她就已經是敵人了。再加上艾倫曾經被她惹哭，或許內心已經萌生出不知道怎麼跟她相處的想法了。

自她們入學已經過了兩個月，大家都不禁覺得會有什麼事發生，而她們沒有辜負眾人期待，已經鬧出許多問題。

或許是想起了什麼麻煩事，見索沃爾越漸沉重的嘆息就可以知道他有多辛苦。

如今，倘若艾倫跳進那種地方，無疑是主動介入麻煩。所有人於是開始提出意見，商討該如何拒絕。

就在這時，在索沃爾身旁的艾倫若無其事地說出了一句可怕的話：「要逼腹黑先生出動嗎？」儘管索沃爾和伊莎貝拉表示，要是做了那種事，只會讓王室有可乘之機，羅威爾卻悠哉地喝著羅倫泡的茶，然後說：「我們才不會犯下那種失誤。」

當眾人商討著該如何應付這封信時，只有奧莉珍一個人愣在原地，沒有加入對話。

其實她不懂那封信有什麼意義，所以就像往常一樣天真地歪著頭，表示困惑。不過，她的視線從未離開那封「信」。

就在所有人商量著各種拒絕方法時，苦惱的索沃爾一邊看著信，一邊忍不住說出：「真

是一封要命的信。」說完這句話，奧莉珍的神情為之一變。

「對了！一定就是這件事吧！」

「咦……媽媽，妳突然是怎麼了？」

奧莉珍開心地重新面向艾倫，冷不防拋出這句話：

「艾倫，妳就去學院吧！」

「咦……」

因為這突如其來的進展，室內所有人一陣無語，但奧莉珍不管他們，開心地說：

「對嘛，現在想想，那裡的確很可疑！」

「抱歉，媽媽……我聽不懂妳在說什麼。」

「我跟妳說，如果是妳，一定能替我找到。」

「什麼……？」

見艾倫不解地歪頭，奧莉珍笑著說：

「姊姊是這麼說的喔。」

「……這件事跟雙女神有關嗎？」

艾倫腦袋一片混亂，根本不知道要找什麼東西。在她即將開口詢問之際，羅威爾滿腹憤怒地蓋過她的聲音說道：

「奧莉，不行。」

「哎呀，為什麼？」

「我不能讓艾倫去學院。那裡有被詛咒的王室成員在啊！」

「只要別太靠近不就好了？對了，親愛的，那個叫做什麼呀？那時候其他國家的王子不是有幾個月都在學院裡嗎？」

奧莉珍向羅威爾確認著某件事。艾倫心中也有譜。

「學院有類似留學的制度嗎？」

「對，就是這個！」

奧莉珍笑著說：「就算只去一下下也不要緊。」但羅威爾卻和她相反，心情瞬間差到了極點。

「我不會讓艾倫去學院！」

周遭的人跟不上這突然改變的話題走向，只能訝異地看著他們。

艾倫為了理解奧莉珍突然希望自己去學院的理由而轉動著思緒，羅威爾突如其來的吼聲卻響徹房內，阻礙她的思緒。

「我怎能把可愛的女兒推到男人堆裡面啊——！」

聽了羅威爾這句話，艾倫從旁冷淡地說了一句：「爸爸，請你閉嘴。」就這麼讓羅威爾閉上嘴巴。她無視失落的羅威爾，開始詢問奧莉珍幾個問題，以便整理狀況。

「看來這不是要不要去學院就讀的問題了。媽媽，妳說我會找到，是要找什麼東西？」

奧莉珍一臉笑咪咪地緊閉著嘴巴。正當艾倫感到困惑時，奧莉珍來到她的耳邊，開始說悄悄話。

（要是我現在說出來，羅威爾大概會生氣……）

（咦！）

兩人說著悄悄話的同時，來自羅威爾的壓迫感也隨之增強，奧莉珍只好輕咳兩聲，結束悄悄話。

「為什麼我一直到現在才想起來呢？學院這個地方就是很可疑嘛。」

「可疑……？」

「是啊，很可疑。如果我長時間待在人界，力量會被觸動，進而影響周遭不是嗎？」

「是的。」

「那個地方尤其嚴重。」

「這麼說起來……」

在奧莉珍的說明下，羅威爾似乎想起了什麼，開始回首過往發生的某件事。

「我只要一叫奧莉來，周遭環境就會立刻變調。」

「那個地方有不少和精靈締結契約的人，所以我本來以為是因為我的力量觸動那些精靈，才會發生那種影響。」

「噢……」

「所以啦，艾倫，我希望妳去一趟學院，然後找到那個。」

「那個到底是什麼啦？」

「…………我不能說！」

「這樣我根本找不到啊！」

「可是姊姊說過，妳會替我找到的！」

「什麼～？雙女神說那個在學院裡嗎？」

「沒說，可是大概沒問題！」

「原來根本沒說嗎！妳現在是硬把一件不～可能的任務推給我耶！妳說會讓爸爸生氣的東西是什麼！」

「討厭啦～！妳不能說出來——！」

「會讓我生氣？我已經很生氣了！我不會把艾倫嫁出去的！」

「爸爸，請你把那莫名其妙的怒氣丟到一邊，不然永遠談不下去！」

「好……好過分！我明明這麼愛妳，可是我覺得妳好像沒感覺到！」

面對已經無法挽回的事態，索沃爾等人完全不想管這家人，只遙望著虛空。

「啊～呃～我想想，換句話說，是要我去找學院可疑的地方，對嗎？」

「……沒錯！」

「媽媽，妳剛才停頓了一下。」

「我覺得是妳多心了！」

艾倫瞬間察覺絕對不是如此，但她也知道自己無法再從奧莉珍口中得知更多詳情了。

發生在學院內的可疑現象。明明不知道那東西的真面目，卻斷定羅威爾會生氣，這根本自相矛盾。

（嗯～……？）

艾倫微微歪著頭思考。

先整理一下說詞。現在只知道學院內發生了針對精靈的可疑現象，那大概和奧莉珍想找的東西有關……又或者就是起因。剛才奧莉珍那一下停頓，代表發生可疑現象的地方並不是學院內某個特定場所。

（意思是……東西？要我去找到底是什麼意思？）

但既然雙女神都說艾倫會找到，想必真的會找到什麼。那句話必是出自看透一切的沃爾口中。這就代表——雙女神知道艾倫會去學院。

世上沒有人會樂意前往明知即將發生事件的地方。

可是學院是個會增幅奧莉珍力量的奇特場所。也就是說，這件事十之八九與精靈有關。

要是不解決，不知道精靈以後會發生什麼事。不對，已經發生了。搞不好她必須加快腳步。

（雖然我很不想去……）

要是因為撒手不管這件事，導致精靈發生什麼不測，艾倫以後一定會非常後悔。

索沃爾看見艾倫死心的表情，似乎因此察覺她的心情了。他小聲說了一句：「妳真辛苦……」然後拍了拍艾倫的肩膀鼓勵她。

為了體貼沒什麼幹勁的艾倫，奧莉珍拍了下手掌，喊出：「對了！」

在羅威爾就讀學院的期間，奧莉珍一直守護著他，儘管是透過水鏡。當時發生的事都令她非常開心。

「我看了覺得很開心喔～艾倫妳去了，一定也會很開心喔～～！」

她甚至表示，精靈的壽命很長，就算對人類社會抱持那麼一點興趣也無妨。

但艾倫卻瞇起眼睛，覺得正因為奧莉珍站在旁觀的立場，才會覺得好玩。

若要說艾倫前往學院能有什麼好處，頂多就是能交到人類朋友而已吧。艾倫和羅威爾一樣，有討厭無謂之事的傾向，常常會把兩件事放在天秤上衡量。或許是因為這樣，他們兩人同時皺起眉頭，說出：「才不會～」

而且奧莉珍以前明明吩咐過艾倫，不要和王室有過多的牽扯，現在怎麼好意思說這種話啊？艾倫實在傻眼。

「可是艾倫一對事情產生興趣，就會變得看不見周遭啊。與其讓她對人界感興趣，然後不知不覺失蹤，去體驗一下學院我覺得比較放心啊～」

（沒禮貌，我才不會那……不，大概不會……應該吧。可能吧。）

艾倫有著研究員的本性，她有自覺只要產生了興趣，自己就會聽不見周遭的聲音，所以

無法堅定地反駁。

更別提奧莉珍不顧動搖的艾倫以及籠罩在負能量當中的羅威爾，笑容可掬地說出了一句致命的話：

「艾倫、艾倫。」

「是，什麼事？」

「那所學院很大，而且跟腹黑們住的城堡不太一樣喔。周遭被森林包圍，男生們偶爾會在那裡學習所謂『貴族的狩獵』。然後城堡外面有湖泊喔，被森林包圍的城堡映照在水面的樣子不是隨隨便便看得到的美景喔～」

「……唔！」

其實艾倫最喜歡城堡這種建築物了。

「我要短期留學！」

她突然燃起興趣，舉起手表示這是社會學習的一環。羅威爾見狀，氣得低吼：「奧～莉～～～～！」卻被艾倫的聲音蓋過。

艾倫興奮地直呼：「城堡！城堡！」伊莎貝拉看了，訝異地詢問艾倫是否喜歡城堡。

「喜歡！探險！探險！」

聽艾倫這麼喊，羅威爾只得嘆氣，含糊其辭地說：「艾倫對城堡的探究心實在是……」

「艾倫只要一看到城堡，就會忍不住想去確認構造，所以她輕輕鬆鬆就能發現已經被人遺忘的密室。」

索沃爾等人聽了奧莉珍的話，全都非常訝異。羅倫繼續追問：「妳看得懂城堡的構造嗎？」

「城堡很好玩耶！外觀和內部構造之間不知道是怎麼做的，有很高的機率會做出明顯的空隙。原本以為那只是單純的空間，結果大多數都是密道或密室，真的很好玩！」

日本也有所謂的忍者建築。建築本身留有基本上是用來應付溼氣的通風走道，但不知道為什麼，那類著名的大型建築常會安置製作精良的機關在那裡。

其實艾倫也很想細細探索汀巴爾王城，但她並不想靠近詛咒，就這麼隱忍著。

要是有人在眼前表現得有所隱瞞，不是會很想揭穿他嗎——艾倫這麼說道，尋求在場所有人的同意，卻換回一陣苦笑。

「難怪就算我有事瞞著艾倫，也會馬上被看穿……」

聽見羅威爾這麼說，艾倫不禁不解地歪頭。當她思索著自己揭穿了什麼祕密時，羅威爾只說了一句「艾伯特」，她便想起來了。這麼說起來，似乎有過那麼一回事。

「艾倫打從出生以來，就對我的城堡興致勃勃，大概兩歲時，每天都在大冒險，讓人一刻也閒不下來。」

儘管奧莉珍開朗地呵呵笑道，羅威爾卻因為想起了當時的騷動，心裡只覺得厭煩。

「她可是兩歲就說要在城堡裡探險，結果不知不覺不見了耶。我永遠忘不了當時有多可

怕……」

說到這裡，艾倫不禁低頭賠罪：「當時真是非常對不起。」

艾倫剛在這個世界出生的時候，是處於半夢半醒的狀態，宛如一切都被霧氣包圍，感覺模糊不清。剛出生時，她完全沒有關於生前的半點感覺。

視野也是一片模糊，頂多只能感覺到有人抱起自己，並大概知道眼前的人即是雙親。

她在大學的心理學課堂上學到，小嬰兒只能求助映入視野的人來保護自己，為此，嬰兒會本能對著眼前的人露出笑容。她記得自己聽到這個說法時感到很驚訝，此刻體會過後，她才知曉這個說法幾乎正確。

之後，隨著日子過去，她的視野逐漸清晰。學會站立走路後，更是無法按捺想摸索周遭的心情。這時，她察覺世界不一樣了，因為這裡是城堡。她居然住在城堡裡，而且周遭的人都飄在半空中。

比起追究自己死亡、轉生的事實，她更想解開突然攤在眼前的謎題。

她晚上睡覺時，常會因為想起生前的事而哭泣，但這種時候，羅威爾和奧莉珍都會一直陪在她身邊，抱著她一起安眠。

溫暖的新記憶包覆悲傷的記憶，艾倫慢慢融入這個世界。

當艾倫在回想從前時，羅威爾卻因為想起當時的事而失落。

「她不是解除施加在城堡裡的魔法，就是發現大家都遺忘的房間，不然就是不知道從哪裡闖進寶物庫……而且每次到最後都會迷路，然後不管我們等多久都不會回來耶。可是我去找的話，艾倫又會跑走……」

聽見自己當時闖的禍被一一當成回憶說出，讓艾倫感到有些不自在。

「她討厭被羅威爾抱，結果為了逃走反而學會轉移，實在是笑死人了～」

「嗚哇啊啊啊啊……！」

奧莉珍這句爆料給了羅威爾一記重擊。看來當時發生的事對羅威爾來說打擊相當大。

伊莎貝拉聽見這件事，則是整張臉鐵青，發出悲鳴。

光想就令人毛骨悚然。兩歲的女兒竟一個不注意就下落不明。但艾倫不希望有人打擾自己最喜歡的探險，她不顧雙親的擔憂，為了躲藏而多方嘗試，一學會魔法就要試試效果，有時甚至會突然轉移到陌生的場所。

這些事情被爆料出來，索沃爾等人實在同情羅威爾。索沃爾小聲說：「原來艾倫平常做事太超過的傾向，從兩歲就開始了啊。」

現場氣氛沉重得難以言喻，艾倫深感無地自容。

「不過多虧艾倫，我了解到很多事喔。這次正好可以發揮她的本事呀。而且這封書信的寄件人很鍥而不捨吧？稍微跟對方談談也無妨啊。」

奧莉珍輕鬆地說道，但羅威爾嘴裡還是唸著：「可是學院……」始終持反對意見。

「對了，不能參加入學體驗嗎？」

面對艾倫的提議，羅威爾等人只是歪著頭，不知道那是什麼。

「就跟對方提議，讓我們先在學院體驗課程，再決定要不要入學，這樣如何？」

「哎呀，原來還有這種辦法。」

伊莎貝拉發出贊同艾倫的聲音。

「就算只有一天，我也不想把艾倫交給學院！」

對於吼出反對意見的羅威爾，持相反意見的艾倫立刻展開說服。

「入學體驗也適用在父母身上喔。畢竟最後評估把孩子送進學院好不好的人是父母，所以可以陪著孩子一起旁聽喔。」

聽艾倫這麼說，羅威爾眼睛一亮。

「……我和艾倫一起去學院？」

「沒錯。只要回信給對方，說他們要是不答應，我們就回到媽媽的土地，這樣不就好了？我看對方好像處心積慮想讓我入學，所以應該會吞下這個條件吧。」

「就是這樣，艾倫！再多說一點！」

見艾倫開始助攻，奧莉珍喜形於色，不斷揮舞著拳頭。真會耍嘴皮子……艾倫雙眼發直地看向奧莉珍，卻也無可奈何地嘆了口氣。

「爸爸，既然媽媽這麼希望我去學院，代表這件事和精靈有關。既然雙女神也說『我會找到』，那我總有一天必須去學院的事實已經不會改變了。」

「沒錯。如果是現在，你應該能夠理解吧？」

那乾脆奧莉珍妳一起去算了——羅威爾也同意前往學院。事情到了這個地步，他也發現奧莉珍無論如何都想調查學院的事了。

「……如果和精靈有關，那我根本不能拒絕啊。」

羅威爾心不甘情不願地說完，艾倫和奧莉珍開心地互相擊掌。

見母女兩人這種反應，羅威爾再度嘆氣，嘴裡呢喃：「妻女聯手，我根本贏不了……」

索沃爾見狀，也說了句：「大哥……我了解。」表示同情。看來索沃爾也被自己的家人吃得死死的。

「媽媽，學院的規模有多大啊？」

「大概是……我們家的一半吧？」

「那很大耶！」

「是呀。要調查的話，應該也要花好幾天吧？」

「那跟對方說，我想跟爸爸一起在那邊住幾天，體驗學院生活就好了吧？學院是住宿制吧？就算我們要拒絕入學，只要解開學院隱藏的謎團，就能拿來交涉了！」

「交涉？……艾倫又在打什麼鬼主意了……」

「爸爸，請你停止那種懷疑的眼神。我很心寒！」

艾倫一生氣，羅威爾就道歉。不過，他露出了確信艾倫絕對會闖出什麼名堂的眼神。

「……你們真的要去嗎？」

索沃爾擔心地說。艾倫聽了，笑著誇下海口：

「我們就一邊體驗入學，一邊觀光吧！」

「艾倫，妳的心聲漏出來了。」

儘管羅威爾傻眼的聲音從上方傳來，那對艾倫來說卻一點也不重要。一想到可以探索城堡，她就開心得雙眼發亮。

「這麼一來，就得做點準備才行了。」

話題一有結論，伊莎貝拉便高興地闔起扇子，發出「啪」的一聲。

「……準備？」

要準備什麼——艾倫歪著頭問道，伊莎貝拉卻只是笑。

＊

之後過了兩週左右，羅威爾他們接到通知，說伊莎貝拉口中的「準備」已經完成，於是造訪凡克萊福特家。

「做好了喲～！艾倫，妳快點穿穿看！」

「好……」

那天有了結論後，他們在還未平復驚訝之情時便開始丈量尺寸。當時從裁縫師嘴裡說出的「和上次量的尺寸幾乎一樣呢」這句話，帶給艾倫不小的打擊。

（我……都沒長大……！）

接著，她不假思索地往下看自己的胸部。看的不是身高，而是胸部，這種反射動作連她自己都覺得可怕。

她發現身高也沒有變化，受到雙重打擊，不過還是在女僕的幫忙下將拿來的衣服一件件穿上。

等換裝完畢，回到原本的房間後，伊莎貝拉開心得眼睛都亮了。

「艾倫！妳穿起來真好看～！」

雖說是短期，也不能穿著洋裝去學院，他們便請人準備了制服。

「是……是嗎……？」

上衣跟西裝外套很相似，下半身是偏短的百褶裙。服裝重視機動性，非常輕巧。

艾倫羞澀地轉了一圈，裙子便輕盈地飄起。

「艾倫穿什麼都很好看耶～」

伊莎貝拉喜形於色，一旁的羅威爾也大肆稱讚：「真是個美麗的淑女。」

艾倫從未想過有一天竟能穿上過往熟悉的制服，而不是如今已經穿習慣的洋裝。明明就不是真的要入學，她卻顯得雀躍不已。現在，她心中有種類似懷念的不可思議心情，同時混雜著一種「都這把年紀了還……」的想法，內心感到很複雜。

（如果要調查，穿洋裝的確不好行動……）

當艾倫這麼說服自己，重新取回開心的心情時才注意到——一起過來的奧莉珍不見了身影。

「奇怪？媽媽呢？」

艾倫左顧右盼尋找奧莉珍。羅威爾也隨之察覺這件事，他環顧四周，嘴裡唸著：「經妳這麼一說……」

「啊～那個……其實她也……」

伊莎貝拉不知為何忸忸怩怩，滿臉通紅，艾倫和羅威爾看了只覺得不解。

「怎麼樣啊～～！」

奧莉珍利用轉移，瞬間現身。所有人看到「那個」的瞬間，都訝異地噴出嘴裡的茶。

「奧……奧莉！」

最慌亂的人大概是羅威爾吧。因為奧莉珍竟然拜託伊莎貝拉替她準備了一套和艾倫一樣的制服。

「跟艾倫穿母女裝～！」

「又學會新的單字了！」

面對艾倫的吐槽，奧莉珍只是呵呵笑，然後開心地在半空中轉圈舞動。雖然她和艾倫穿著同一套制服，胸口的曲線卻非常緊繃，彷彿下一秒就會馬上爆開。

明明是確實量過尺寸訂做的衣服，但不知為何，成品的胸部部分卻非常緊繃，那讓艾倫百思不得其解。

（想不通！）

艾倫隨後得到一個結論——自己明明沒有成長，奧莉珍卻以現在進行式抵達了成長的頂峰。她不禁鼓起腮幫子，發出「唔～～」的聲音。

奧莉珍平常都穿著幾乎要看光光的透明洋裝，現在卻整齊地穿著制服，羅威爾總覺得有股嚴重的異樣感，習慣真是一種可怕的東西。

「唔……平常看得見的東西看不見了……！」

羅威爾不知為何表情苦悶，痛苦地喘著氣，並低聲說出：「好想撕破……！」在一旁聽見這句話的索沃爾則是滿臉通紅地出言阻止，說道：「大哥，請你別在這裡做那種事！」

只見在一旁觀望的艾倫以冰冷的眼神說道：

「爸爸，你還是老樣子，這麼悶騷。」

「唔哇啊啊啊啊啊！」

羅威爾被言語形成的長槍貫穿，呈現瀕死狀態。奧莉珍一邊看，一邊呵呵笑，然後拍響手掌。

「？」

隨後，女僕們團團圍住羅威爾等人。連伊莎貝拉、索沃爾，還有羅倫都被圍住。他們在感到驚訝之際被帶到別間房間。

「媽媽……難道妳……」

「唔呵呵呵！大家都穿一樣的，好開心啊！」

在這瞬間，奧莉珍的惡作劇成功了。

我和艾倫穿一樣的耶——奧莉珍牽著艾倫的手跳舞，那副模樣著實令人欣慰，但其他房間似乎傳出了大夥兒苦悶的聲音，真想把那些聲音當成錯覺。

「都這把年紀了，真是害臊……」

「唔……」

「呵呵呵！」

艾倫見他們雖然害臊，卻還是整齊穿上制服的模樣，不禁露出笑意。這時，羅威爾晚了一步走進來。

「沒想到妳居然打著這種鬼主意……」

「對不起啦。我想說一次就好了，好想要大家都穿同一套衣服。」

看奧莉珍笑得這麼開心，羅威爾也拿她沒轍，於是抱緊她。

「大哥倒是和以前一模一樣呢……」

「因為我已經停止成長了，這很正常吧。這不重要，你們可別穿著這身衣服外出啊。」

「才不會！」

面對這樣的事態，站在一旁的女僕紛紛拚死忍住笑意。她們似乎是聽奧莉珍說想要和大家穿一樣的衣服，覺得很有趣，才會出力協助。

「雖然很難為情，感覺卻好像變年輕了呢。」

「夫人說得極是。」

「嗚嗚……」

伊莎貝拉和羅倫大概是逐漸習慣這身打扮了，一改先前態度開始樂在其中，只有索沃爾一個人依舊羞紅著一張臉。

艾倫目不轉睛地看著身穿制服的羅威爾，羅威爾也注意到艾倫的視線，問艾倫感想，同時還拋媚眼，擺了個耍帥姿勢。

羅威爾就這麼維持著耍帥姿勢不動，等艾倫做出反應。艾倫一邊溫暖地守望著羅威爾，看他能維持這個姿勢多久，嘴裡一邊呢喃：「帥哥不管穿什麼都很好看耶。」這時，她忽然想到，這與其說是父女……

對了——艾倫終於想起來。她睜大眼睛仰望羅威爾，說道：

「是學長！」

「！」

這下連羅威爾也發現了，眼前根本就是幅身穿相同制服的嬌小學妹正抬頭仰望自己的構圖。他忍不住用雙手摀臉，下腰仰天。

「我的女兒太可愛了……」

羅威爾直呼可愛，按捺不住用臉頰磨蹭艾倫的心情。

「艾倫～妳也叫我學姊看看嘛～！」

見奧莉珍學羅威爾，艾倫不禁歪頭。

「真要說的話，媽媽應該是……大姊姊吧？」

「大……大姊姊……！」

這對沒有妹妹的奧莉珍來說就像一道偌大的衝擊。衝擊傳遍全身，讓她不禁喜形於色。

「艾倫！再叫一次！」

「……大姊姊。」

「天哪～！再一次！」

「大姊。」

「奇怪？我覺得好像省略了什麼！」

「我想是妳多心了。」

這兩個家長做的事情未免也太像了吧。艾倫傻眼，不過伊莎貝拉他們看著這樣的互動，

學♥長

很開心地喝著茶。

「替艾倫打扮是很開心，但沒想到連我們也被設計了。」

伊莎貝拉這麼說，羅倫笑著同意。

「能讓我這個老頭子同樂，我很榮幸。」

伊莎貝拉呵呵笑道，索沃爾則一臉難為情。他們兩人從前都穿過這身衣服，穿起來有模有樣。

只有艾倫和奧莉珍看起來顯得青澀，不過在一群人之中，艾倫的可愛程度出類拔萃。

「不管什麼衣服，只要艾倫一穿，就會變得很可愛呢。」

羅威爾肯定伊莎貝拉這句話。

「畢竟穿的人很可愛，這也沒辦法。」

「說得也是！」

眾人的視線都集中在艾倫身上，主角卻全然不知，只顧著站在女僕拿來的全身鏡前檢查自己的制服。

（是制服耶～～！）

艾倫在全身鏡前頻頻轉圈，陶醉在自己的身影當中，羅威爾等人見她那個樣子，全都覺得可愛得不得了。

但她在半途便發現所有人都透過鏡子，以溫馨的眼神看著自己，那大概讓她感到不好意

思，急忙躲到站在一旁待命的女僕身後。

羅威爾察覺艾倫的心思，想把人拉出來，結果展開了一場鬼抓人。

奧莉珍原本也跟著羅威爾一起追艾倫，但後來發現穿著制服很難活動，露出了傷腦筋的表情。

「人界的衣服很有趣，可是很彆扭呢。」

「是媽媽妳平常穿得太寬鬆了啦……」

艾倫的話才剛說完，奧莉珍的胸口便爆開了。面對這樣的發展，在場所有人全發出尷尬的聲響，身體僵直。

索沃爾和羅倫紛紛跳起來，背對奧莉珍裝沒事。

索沃爾用手遮住一路紅到耳根子的臉龐。他們兩人真不愧都是紳士。

「穿幫了……！」

見羅威爾一開始說想撕衣服的願望成真，伊莎貝拉不禁失笑，不過艾倫卻想著不同的事。

（這就是所謂走光服務……！）

艾倫驚異地睜大雙眼，心裡讚嘆：「不愧是世界的女王，果然不同凡響……」不過，那種事情無人知曉。

第十一話　汀巴爾王國學院

這天，學院收到凡克萊福特家送來的信，男人們看完都亂成了一團。

「體驗入學是什麼鬼東西！」

「據這封信所說，他們想讓女兒接受學院的教育幾天……藉此判斷是否值得入學。」

一名戴著眼鏡，身材瘦高，表情陰沉的男人低著頭報告。

相較之下，另一名男人身材肥胖、矮小，他身上的長袍拖在地上，不時會絆倒。

肥胖的男人是這所學院的學院長，瘦弱男人的地位則相當於訓導主任。

「做出那種藥的人就是英雄的女兒吧？而據說現在在學院裡的，是英雄的弟弟的女兒吧？」

「就算我們想要那種藥，王室也完全不給……只要認可這什麼體驗入學，那女孩不就會來到學院嗎？這麼一來，就形同在我們的掌控之中了！」

雙方肆無忌憚地笑著。

他們曾經請求王室提供藥品用於學院的研究之中，對方卻表示要用在治療和宮廷研究上，無法提供，這項請求因此遭到駁回。他們聽說王室支付了一筆不小的金額，向凡克萊福

特家購買藥品。

當然了，學院也曾寄信請求凡克萊福特家，但凡克萊福特家卻說，只要是攜出凡克萊福特領的藥品都交由王室管理，也拒絕了學院。

「有很多國家群起關心，都想得到那種藥。如果能學會製法，肯定能賺一筆錢！」

「只要攏絡那女孩就行了，反正她才十二歲嘛！」

而且如果她的國籍不屬本國，也有留學這個手段。兩人就這麼策劃著無論如何都要讓英雄之女進入學院的計畫。

然而，之後他們重看了一遍信件，發現上面附註了一個條件——必須讓身為父親的羅威爾陪同女兒一同體驗。這兩人知曉英雄要來學院，又是一陣慌亂。

*

這一天，學院內到處充滿緊張的氣氛，老師們和平常不同，感覺全繃緊了神經。

學生們竊竊私語，討論著到底發生了什麼事。

「好像是某個大人物要來視察喔。」

「咦？你從哪裡聽來的啊？」

「我偷聽到老師們的談話內容啊。不知道是誰會來耶。」

「可是啊，就算是這樣，老師們會緊張成這樣嗎？」

雙方不解地歪頭。這時，走廊傳出一陣急促的腳步聲。

「喂！我聽到一個很猛的消息！」

教室的門被粗魯地打開，有個男孩衝了進來。教室裡所有視線全集中到他身上，想知道到底什麼事能讓人這麼慌張。

「聽說英雄羅威爾要來！」

教室瞬間陷入寂靜。接著，突然傳出一陣大叫。

「你騙人！你在哪裡聽到的啊！」

「我才沒有騙人！這是瑪爾斯特老師和穆斯可老師說的！現在老師們為了迎接英雄，已經在學院入口集合了！」

一聽聞這件事，學生們紛紛集中到門口。其他教室的學生因為那紛亂的腳步聲，疑惑地探出頭來。

「聽說英雄羅威爾要來學院！」

男生叫出的這句話就像傳話遊戲一樣，逐漸廣傳。

學院因為這麼一句話，在轉瞬間掀起騷動。

＊

為了充當在學院裡的護衛，凱和凡也一起同行了。兩人在名義上是羅威爾的侍從，但凱也是現役的學院生，因此還兼任嚮導。

其實羅威爾身為畢業生，不需要別人帶路，但為了隨時盯好艾倫，羅威爾才會叫凱同行。

體驗入學第一天，凱被叫到了凡克萊福特宅邸。當他看到艾倫穿著學院的制服，還聽她說要體驗入學時，實在是嚇了一大跳。

艾倫穿制服的樣子跟他前幾個月前看到的新生相比，也顯得格外嬌小，有股青澀的感覺。制服給人的印象和他平常見慣的洋裝不同，在他說出「很好看」的感想前，嘴巴便擅自動了。

「艾……艾倫小姐，您很可愛……」

「咦？」

「啊！不是，我是，那個……您……您這樣很好看！」

「啊，你說制服啊？謝謝你。這件制服很可愛耶～！很方便活動，我也很喜歡！」

「不，我的意思……啊，您說得沒錯。」

羅威爾和凡交雜的殺氣從旁壓迫凱，他的臉色瞬間由紅刷白。

艾倫沒有察覺，依舊喜上眉梢地由下仰望凱，嘿嘿嘿地開心笑著。

正當羅威爾等人不解艾倫怎麼如此開心時，艾倫對凱拋出了一顆炸彈。

「凱學長！」

凱因為艾倫的這道攻擊（？），整張臉刷紅，只能用手遮臉，然後原地蹲下。

艾倫透過馬車的小車窗看著外頭，外頭的風景令她著迷。

現在已經可以看見座落在遠處的學院，學院的外觀就像英國的溫莎城堡。溫莎城堡是女王過週末的場所，因此遠近馳名。艾倫生前曾在家庭旅行時造訪過一次。

以茶色磚塊不斷堆疊的外觀與其說金碧輝煌，反倒像守護城壁或國境的屏障，感覺就像小小的城郭都市。

如果要以有名的圖畫來比喻，就像塔羅牌中的高塔。

塔羅牌中的高塔，不管正位還是逆位都代表凶，彷彿像在暗示接下來即將發生的事一樣，讓艾倫稍感不安。不過，身旁有羅威爾他們在，讓艾倫覺得踏實許多，這才拭去那樣的心情。

從遠處也可看出建築是以中央的高塔為中心，其他偌大的高塔則以一定的間隔包圍著中央。

聽說各個學科分別使用了不同的塔，從正面玄關往右是騎士塔、治療塔、精靈塔、商塔、農塔、淑女塔。

那座聳立在中央的高塔，其一樓有著餐廳一類的公共設施，往上則有各科的教職員辦公室，位在中央高塔正後方的奢華建築，是以一條連接通道連結，特地隔離起的貴族塔。

貴族塔戒備森嚴，禁止一般學生進入，貴族用的宿舍也在這座塔當中。

從艾倫他們的角度看不見，不過其實貴族塔的正後方也有兩個細長的建築物，是一般學生分成男女兩邊的宿舍塔。

光聽就覺得這個學院很大，更別說還有農塔專用的田地、治療塔專用的藥草栽培田……要是所有設施都算進來，占地真的非常廣闊。

凱更進一步說明周遭是由一大片森林包圍，並且不遠處有池塘，這實在讓人聽得眼花撩亂。

「好大喔～！」

艾倫深知如此一來便有探索的價值了，雀躍不已。看著艾倫那張緊貼在馬車窗邊，從頭傻笑到尾的表情，羅威爾和身為護衛的凱只能苦笑。

凱是現役學院生，所以能以護衛兼嚮導的身分陪同艾倫等人。

凡也理所當然跟著他們，羅威爾也不反對讓他同行。原因是——羅威爾覺得自己一個人擋不住失控的艾倫——這種令人不予置評的理由。

「畢竟凡已經見過失控的艾倫了嘛。」

「我感同身受……」

「你懂嗎？如果只有我一個人，我實在不覺得自己擋得了艾倫。」

「艾倫小姐有這麼厲害嗎……？」

三個男人就這麼把艾倫從前的事蹟當話題，相談甚歡。艾倫聽了，鼓起腮幫子抗議。

「那時候是因為我太投入了！而且才剛學會魔法耶！你們不覺得我轉移失敗，到了奇怪的地方是無可奈何的事嗎？」

「妳不是馬上就抓到訣竅了嗎？然後因為這邊、那邊都想看，就一個勁兒地亂轉移，結果還是迷路了啊。」

「但那也只有一開始啊！我摸熟城堡構造後，就沒迷路過了！」

艾倫得意地挺起胸膛，羅威爾卻嘆了口氣。

「……妳以為一個才兩歲的小女孩能輕鬆做出這些事嗎？就算妳是精靈，也是個完全沒學過魔法的小孩耶。」

一個因為還不會好好走路，所以學會飄浮和轉移的兩歲嬰兒，為了避開羅威爾的耳目，還利用光的折射原理創造出匿蹤魔法。

面對這接二連三、興致勃勃孕育出新魔法的，剛滿兩歲的女兒，羅威爾被耍得團團轉也是無可奈何。

聽了羅威爾的辛苦談後，凱完全語塞。凡倒是驕傲地吐出鼻息，稱讚公主殿下真有一套。

「吾和公主殿下還發現了沉睡在城中，已經被人遺忘的寶物庫呢！」

「那個時候我們都嚇了一跳呢！」

「那……那還真是厲害……」

凡大概是見了凱吃驚的樣子心情大好，他得意地挺起胸膛。

「你還真敢說。凡，你明明老是被艾倫丟下，哭得可憐兮兮的。」

「羅威爾大人……！」

凡罕見地倉皇失措，凱見狀不禁失笑。

當凡嘴裡說出：「你這臭小子……！」開始與凱互相瞪視時，艾倫卻在一旁笑著說：

「艾倫小姐，您當時經歷了怎樣的探險呢？」

「好懷念～！」

「咦？」

「呃……喂，臭小子……！」

凱的笑容好耀眼。看來他是想挖出凡哭得可憐兮兮的過去。

知道這點的凡驚慌失措，羅威爾覺得有趣，慫恿艾倫快說。

「那個時候……」

抵達學院還要一段時間，艾倫心想說說回憶也好，於是開始回憶。

＊

當時，艾倫和凡才剛相識。

艾倫還沉迷於幼虎凡的時候還好，但當她知道自己住在城堡中之後，便從凡身上轉移了興趣，凡被丟著不管的次數也逐漸頻繁。

敏特是凡的父親，他似乎策劃著要讓凡以護衛的身分與艾倫從小相識。然而，在雙方感情變好前，艾倫的興趣便轉移到城堡上。在他們深入認識彼此前，艾倫就時常迷失在城堡當中，造成恐慌。

對凡來說，面對艾倫這個甚至能避開大人耳目的高手，負擔實在太重了。

凡比艾倫年長五歲，但老虎的身形會因為牙齒礙事導致難以言語，他常因為咬到舌頭而眼眶泛淚。

因為這點，他們雙方要流暢交流必須花上更多時間，這也是他們熟不起來的原因之一。

羅威爾注意到以凡的年紀來說，他太過不善言辭了。因此，他去詢問過敏特，結果得到了一個意外的答案。

「因為精靈會念話，對話幾乎沒有必要發聲。」

聽了敏特的解釋，羅威爾說著：「原來如此。」表示理解。他身旁的兩歲娃也跟著回答：「原～來如此～」

「……大小姐會念話嗎？」

「不畏！」

艾倫咬字還不是很精準。如果是慢慢說就沒有問題，但只要一不小心，就會變成含糊的語句。

這種時候，她都會用雙手摀住嘴巴說：「失敗了！」羅威爾看了，總是傻笑地說著好可愛。

「我、不、會！」

「說得很標準喔。」

「嗯！」

凡看了，幼小的心靈暗自覺得自己不能這樣，於是他向艾倫看齊，一個人偷偷練習怎麼說話。

敏特看著愛子如此勤奮的背影，在悄悄落淚的同時也替他聲援。

凡的努力有了成果，他變得經常開口說話，和艾倫的感情也逐漸變好，這才獲得一起探險的權利。

「公主顛下，耶請尼帶吾一同前晚！」

儘管還是不擅長說話，艾倫看了凡用前腳不斷踏著地板請求的樣子，還是笑著點頭。

「凡，跟偶一起走吧！」

「遵命～！」

凡的尾巴不斷開心擺動。艾倫會一時興起就進行轉移，所以凡總是貼著艾倫移動。他知道只要黏在一起，自己就會一起被轉移，因此拚死黏著艾倫。

加上自從他們知道艾倫還小，能力還不算完備，只要凡和她黏在一起，她就無法進行長距離轉移後，羅威爾便嚴加命令凡，要他務必時刻黏著艾倫。

但羅威爾抱著艾倫時，艾倫明明可以留下羅威爾一個人，巧妙地用轉移逃走。對羅威爾而言，命令凡盯著艾倫實在是苦肉計。

奧莉珍等人就這麼欣慰地默默守著他們兩人，而在某天，事情終於發生。艾倫探索了幾天城堡後，終於發現了個奇妙的場所。

「凡，窩們今天去西邊的塔吧！」

「塔？」

凡不解地歪頭。他似乎不懂西邊是哪邊。

西邊的塔平常無人涉足，是平常不會有人靠近的場所，艾倫卻雙眼發亮，說那裡有個令她在意的地方。儘管凡感到不解，還是舉起前腳表示：「小的和您通行！」

艾倫迅速將自己和凡轉移到目標場所，景色瞬間黯淡下來。凡感覺到陣陣冷意，不禁瑟瑟發抖，但艾倫卻喊道：「這邊！」催促凡移動。

「就偶的計算，在這附近……」

艾倫雙手拍著牆壁，一一確認每個磚頭的縫隙，尋找某種東西。

凡小心不妨礙艾倫，同時貼著她移動，從後方悄悄盯著艾倫的手，默默守護著她。

「奇怪？」

就算拍打牆壁，也始終沒有變化。

「嗯～？」

面對嘴裡不斷嘟囔的艾倫，凡說了好幾次「腰不腰算了……？」試圖勸退艾倫。但艾倫並未察覺凡的耳朵下垂，尾巴也捲入兩腿之間。

這時候，艾倫發現了一件事——她和大人的視線水平不同。接著，她往上飄浮，同樣對上方的牆壁拍打確認。

就在艾倫把手放在某一塊磚頭上時，魔法陣「嗡」的一聲展開。

「公主顛下！」

艾倫嚇到，僵在原地不動，不過那道魔法陣馬上消失不見了。

凡大概是覺得有危險，豎起了全身的毛，將艾倫護在身後，一心保護她。

「公主顛下，情您快逃！」

「沒事的，凡。」

凡見艾倫笑著，呆愣地眨了眨眼。她似乎已經知道這是什麼機關了。

（幸好我學會認字了～！）

看來剛才的魔法陣只會對女神有反應。換句話說，只有奧莉珍才能用。那是「封鎖」魔法，所以可以用「開放」魔法來解除。

艾倫再度伸手碰同一個地方，寫著「封鎖」字樣的魔法陣隨之浮現。她將「開放」的魔法疊在上頭，現場隨即發出彷彿拼圖擺對了地方的「喀嚓」聲響。

接著現場又發出「咚」的一聲，像是某種沉重的東西鬆脫了。整座塔開始慢慢迴轉，很快便沒入地面。

「哇——！」

「公主顛下～～！」

兩人就這麼在裡面轉圈，因此沒有注意到西之塔在旋轉之後，已經如螺絲般旋入地面。高塔再次發出「咚」的一聲停止旋轉，艾倫和凡已經頭昏眼花。

他們搖搖晃晃，直接癱坐在地上。靜靜休息了一段時間後，艾倫突然「啊哈哈」地開始大笑。

「真～好玩！」

「嗚嗚……公主顛下……這樣噗行啦……」

「凡，你還好嗎？」

「嗚嗚～已經沒事惹……」

艾倫看著自己剛才解除的場所。那裡有一條通往深處的道路。

「原來要浮起來才找得到啊！」

或許是因為奧莉珍總是飄浮在半空中，才會設下這個機關吧。

艾倫和凡手牽著手站起，戰戰兢兢、慢慢地往裡頭移動。

凡還是跟剛才一樣，耳朵下垂，尾巴捲在兩腿之間。但為了保護艾倫，他走在前頭。

他們順著道路走進漆黑的房間，腳才剛踏進去，空間就突然擴大。腳下一道道青光像波紋一樣展開，漸漸照亮室內。

他們兩人不知道上頭究竟用了什麼魔法，不過燈光已經擴散出去，室內漸趨明亮。

「唔哇啊啊啊！」

「豪漂亮……！」

接著在眼前展開的光景，並不是他們想像中那種滿坑滿谷的金銀財寶畫面。

室內深處的牆壁掛著許多幾乎透明的薄絹，那些薄絹就像門簾一樣不斷搖擺，發出溫暖的耀眼光芒。

此外還有精雕細琢的寶物飾品放在礦物當中管理，礦物就像中心是水的水晶一樣，一個個四散交錯，就這麼鑲在天花板上飄浮，看起來像星星。

「好飄亮……」

「唔喔～！」

這幅宛如飄在夜空中的滿天星斗和極光讓艾倫看呆了。

「我後來把那個地方告訴媽媽，她竟然跟我說那是被遺忘的寶物庫。」

「那種地方忘得掉嗎……？」

「沒辦法啊，精靈城少說也有學院的兩倍大。」

聽見羅威爾的解釋，凱感到驚訝不已。

「她說過，因為精靈們進貢的東西多到數不清，根本沒辦法掌握確切數量和品項。」

羅威爾聳聳肩解釋。

「不過也沒差啊，反正奧莉說了，那裡要送給找到的艾倫。」

「我沒聽說！」

「哎呀？是嗎？」

「你們怎麼那麼隨便處置貴重物品啊！」

艾倫實在太驚訝了，恨不得立刻去找女王抗議，羅威爾卻出言安撫。

「對妳來說，妳感興趣的大概是抵達寶物庫前碰到的城堡機關吧。」

「被看穿了！」

凱欣慰地看著他們的互動，接著又看向慘遭這些回憶痛擊而皺起眉頭的凡，呵呵笑道：

「原來你當時只會哭啊。」

「唔！臭小子！」

雙方視線在狹窄的車內迸出火花，這時艾倫從旁拉了拉凡的衣袖。

「公主殿下？」

「講一講讓我覺得好懷念，我們下次再一起去那邊吧！」

那個地方非常美麗。那次之後，他們不時會在奧莉珍的批准之下，兩個人一起進去觀看美景。因為說起了這件往事，讓艾倫想起他們已經有一段時間沒過去了。

凡被艾倫笑嘻嘻的臉龐療癒，也回了一抹笑容給她。凱見狀，有些不是滋味。

人類沒辦法去精靈界，有些事是無可奈何，但就算是這樣，凱還是重新體認到——要介入他們的情誼不是一件易事。凱握緊拳頭。

羅威爾以眼角餘光看著凱，自覺應該改變一下氣氛，於是拉回話題。

「事情就是這樣。你們兩個，艾倫是迷路慣犯，你們的視線絕對不可以從她身上挪開。凡，奧莉姑且會透過水鏡看著艾倫的行動，你們要是跟丟了，先找奧莉確認。」

「屬下明白了。」

「討厭，連凡都這樣！」

艾倫氣得大喊自己才不是慣犯，凡看了，慌慌張張地閃爍其詞，說大家都是為了公主殿下好。

「既然這樣，要我跟爸爸手牽手都沒關係，你們多少相信我一點啦！」

「這是妳說的喔，艾倫，那就跟爸爸手牽手吧。當然了，要從頭牽到尾才行喔。」

羅威爾笑著說。

雖然臉上在笑，眼裡卻沒有笑意。這讓艾倫有些後悔。說不定她太過衝動行事了。

一行人熱烈談著艾倫和凡的往事，馬車也持續往學院前進。

汀巴爾王國學院被一片廣闊的森林包圍，儘管從遠方便能看見學院較大的建築物，一旦已經習慣使用轉移，就會覺得花了很久的時間才抵達。不過，這樣也能一邊看風景一邊享受，倒也不完全都是難受的事。

馬車穿過森林自然形成的拱門之下，繼續向前跑。馬車逐漸靠近建築物，包圍馬車的景物也漸漸從自然的森林拱門變成一片花牆。

在英式庭園裡，有種名為邊境花壇的栽種手法。只要看腹地大門邊的花壇，就會發現那裡採用了前排栽種高度較低的花草，後排則高度較高的手法，以營造出花園的深度。再加上建築物的樣式，整體表現出絕佳的英倫風。

艾倫止不住興奮的心情。雖然她對羅威爾誇下海口，說自己沒問題，但隨著學院的建築越來越清晰可見，她的信心也跟著蒙上一層霧。艾倫的眼睛現在盯著建築物不放。

艾倫雙眼發亮，整個人巴著馬車的小窗戶。看她這個樣子，其他三個人就知道已經沒救了，露出一抹近似放棄的苦笑。

馬車穿過花徑，來到大門前的寬闊地帶，視野忽然變得開闊，城堡佇立在眼前的光景就這麼躍入眼簾。

城壁的磚頭被綠色的爬牆虎覆蓋，包圍在一片綠意和花朵之中。艾倫不禁看得心醉。

將身分證交給入口的騎士確認後，兩名騎士合力打開左右兩邊的鐵柵欄。馬車就像受到牽引一般，駛入裡頭。

他們看見建築物的入口前排著許多等待他們抵達的人。貼著窗戶不放的艾倫驚覺這件事，將整顆頭縮回，並抓著羅威爾。

（人怎麼這麼多！）

到底發生什麼事了？

馬車停下，身為護衛的凱和凡首先下車，馬車裡只剩下艾倫和羅威爾。在這個瞬間，羅威爾輕聲提醒艾倫：

「比我想得還要熱鬧……妳可不能和我走散嘍，小公主。」

羅威爾說完，順勢親上艾倫的額頭。

隨後，羅威爾下車，並站在馬車的車門前，像個騎士一樣，伸出手說：「公主殿下，請。」

然而，當艾倫聽見羅威爾下車的瞬間那道宛如地鳴的群眾歡聲時，不禁眨了眨眼。她不知道到底發生了什麼事，不安似的露出動搖的眼神。

來到這裡之前，艾倫完全忘記自己的父親是英雄這件事了。

而且不只魔物風暴這一件事，加上傳言指出，帶來神藥救濟眾人的人就是英雄，使羅威爾的人氣復燃。

這個傳言是為了轉移眾人的注意力，好讓他們不去關注艾倫而進行的情報操縱。可是，回過神來，他們才發現這個傳言已經把羅威爾和艾倫放在一起傳，所以其實沒什麼效果。

為了讓聽到歡呼就卻步的艾倫放下心來，羅威爾輕聲說：「凱和凡也都在這裡，沒事的。」

艾倫畏畏縮縮地握住羅威爾的手，走下馬車。沒想到，直到剛才為止還人聲鼎沸的現場，瞬間鴉雀無聲。

雖說艾倫身上穿著全新的制服，她的樣貌依舊稚嫩，從遠處就看得出是個小女孩。

反射光線的美麗髮色和英雄是同樣的色調，儘管從遠方看不清艾倫不經意仰望學院的那張臉龐，她身上還是帶有一種神聖氣質，讓所有人只能啞口無言地看著她。

艾倫在羅威爾的引導下走出馬車，馬上被站在學院建築物之間往這裡看的眾多人數嚇到。

集體前來迎接馬車的人們大概是老師，但他們就像僕人一樣，排成一列，並對著羅威爾等人行禮。

當羅威爾抬起頭，視線從艾倫身上移開，將身體面向學院的瞬間，群眾又開始發出各種

聲音，但已經和剛才的歡呼聲不同了。

聽見眾人吵雜的聲音，艾倫不知該如何是好，於是快速躲到羅威爾背後，以不安的神情仰望羅威爾。

「別去理會是最好的辦法喔。不過看這個樣子，不管怎麼樣，妳都沒辦法來就讀學院吧。我本來抱著懷念的心情回來，沒想到這裡居然變成這麼不入流的學院了。」

艾倫點頭同意羅威爾的話，但她突然感到有些在意——羅威爾這席話不知是有心還是無意，聲音大到就像故意說給周遭人聽一樣。

羅威爾說完，站在最前面的臃腫男人在一陣訝異後，指示站在後方疑似教師的人們叫學生安靜下來。

教師們急忙回到建築物內，接著便從各處傳來「你們全給我回教室去！」的怒吼聲。

臃腫的男人一邊搓著手，一邊頂著額頭的冷汗向羅威爾打招呼。

看來這個人就是那封纏人信件的寄件人。

對方請艾倫等人先前往學院長室，他們也就移動腳步離開現場。

＊

被教師叱責，鳥獸散回到教室的學生們興奮地開始討論。

「是英雄羅威爾！英雄真的來了！」

雖然只是遠遠看見，但的確是傳聞中的髮色。那種不是白髮，而是散發著特別光澤的銀髮，只有英雄一人擁有，因為銀是精靈的顏色。

在英雄之前首先走下馬車的人是白髮的凡，學生們大概因此看出明顯的區別了吧。

接著，學生們的對話開始集中於那個在英雄之後出現的少女。當英雄向馬車內伸手，一隻嬌小的手握住了他。

學生們看到那頭和英雄有著同樣光澤的銀髮少女時，瞬間產生了時間停止的錯覺。

「她全身光鮮亮麗，小小一隻，非常可愛！」

「咦？什麼什麼？你說誰可愛？」

學生們站得比較遠，照理說看不到那女孩的臉，但在興奮之下，大家都發揮了想像力大聊特聊。

「英雄羅威爾帶著一個小女孩，那個女孩子跟英雄有一樣的髮色！」

「凡克萊福特家是銀髮嗎？」

「他們家不是有個人在一年級嗎？他們家歷代都是棕色，我聽說英雄羅威爾是因為去了精靈界，髮色才會改變……」

說到這裡，少女的存在成了謎團。而且，少女和英雄羅威爾有著相同的髮色。

人類不會有銀髮，因為銀色是精靈的顏色。傳言是人類又是銀髮的人，只有英雄羅威爾。

面對少女的謎團，學生們紛紛說出臆測。

「……會不會是妹妹之類的？」

「英雄羅威爾沒有妹妹。他們家的女兒就是一年級那個英雄的弟弟的女兒吧？可是那個女孩穿著學院的制服！」

「既然這樣，那個女生又是誰啊！」

談話逐漸白熱化，這時候，某個人突然大叫，說他想起來了。

「你們知道運用神藥的人是羅威爾和他女兒這個謠傳嗎？」

「咦……什麼跟什麼？」

「這是治療院傳出的八卦。他們說拿藥來的人，是總是和英雄在一起的女孩子。」

「英雄羅威爾結婚了嗎！」

女學生發現這衝擊性的事實，紛紛發出哀號，男生們則悲嘆女生就是這副德性。

看到羅威爾等人抵達的小部分學生們，都想確認自己親眼看到的光景是否只是一場夢，繼續熱烈討論著隨侍在側的白髮男人和站在一旁的高年級生。話題就這麼以訛傳訛，然後逐漸走向誇張和扭曲，就像滾雪球一樣越滾越大。

女生們的感想很單純，因為男生們長相帥氣而顯得興奮不已。相對的，男生們則是因為那名嬌小神祕的少女而坐立難安。

他們從英雄羅威爾已婚的話題聊到夢想將自己置換其中的幻想，腦中交錯著許多想像。

最後女生們對男生們憧憬的少女形象感到傻眼，男生們聽到女生們高亢的興奮聲音也噓聲四起，這樣的對立產生後，便一發不可收拾。

「不是啊，就算人家是英雄也老大不小了，已婚很正常吧。魔物風暴已經是十四年前的事了耶，我記得英雄那時剛成年不久……所以現在差不多三十一歲吧？」

聽了這樣的分析，四周紛紛出現「看不出來他年紀有那麼大」的聲音。

雖然他們只有在遠處看，但他們覺得英雄的年紀看起來和十六歲的最高年級生——賈迪爾殿下差不了多少。

他和少女站在一起，說他們是年紀有點差距的兄妹也不為過。

不過他可是那個英雄羅威爾，是據說去了精靈界的英雄，大家馬上不再糾結，認為英雄發生什麼事都不足為奇。

「不過如果她真的是英雄的女兒……」

因為某個人嘟囔出這句話，教室瞬間安靜下來。

面對這最後的可能性，學生們興奮的心情再度膨脹。

若要確認事情的真相，去問他們的親戚是最快的捷徑——女學生們就這樣奔向拉菲莉亞的教室。

*

拉菲莉亞看著教室中的喧囂，不禁傻眼。

因為英雄羅威爾來到學院的傳聞，她從剛才開始就不斷被不認識的學生和學長姊叫出去詢問事實真相。

「……我不知道啦！」

就在拉菲莉亞快被煩死的時候，新的傳言又往上累加。

「和英雄羅威爾髮色一樣的女孩子是誰！」

聽見這句話，拉菲莉亞的喉頭頓時哽住。

他們說的會是伯父的女兒——艾倫嗎……？

「艾倫？她跟伯父一起來到學院了嗎？」

因為拉菲莉亞的這句話，周遭所有人的臉色瞬間變調。

「艾倫？那個女孩子叫艾倫嗎！」

拉菲莉亞已經受夠這熟悉的光景了。每個人開口閉口都是艾倫，她在領地見到的光景也開始在學院裡上演了。

她明明聽說艾倫不會就讀這所學院，現在來這裡又想幹嘛？拉菲莉亞感到非常焦躁。

仔細詢問之下，她才知道教師似乎總動員迎接了艾倫。

她明明也是公爵家的人，但老師們從不曾以那種態度對待她。

反而因為她是市井出身，別說教師了，連貴族們都在背地裡說她的壞話，瞧不起她。

（艾倫明明也一樣，不知道母親是打哪來的啊！怎麼會有這種差別啊！）

拉菲莉亞非常煩躁。已經有一個和她同學年、不知道為什麼總愛針對她的父親前妻的女兒每天招惹她，讓她很煩了，現在連艾倫都跑來，到底是怎樣？

此外，為什麼自己身為親戚，卻要經由別人才知道這件事？一想到此，拉菲莉亞不禁咬住下唇。

（我得確認清楚……！）

拉菲莉亞開始奔跑，往大家口中的艾倫等人前往的方向奔跑。

*

這騷動也傳入賈迪爾等人耳中了。

儘管騷動並未來到貴族塔的房間內，有些貴族卻因為想和英雄攀關係而表現出明顯的坐立難安，讓賈迪爾感到相當不快。

他明明也想去和艾倫見面，卻因為詛咒這個枷鎖而無法靠近。但是，那些貴族只要想靠近，就能走近至足以和她打招呼的距離，賈迪爾實在嫉妒。

賈迪爾聽聞艾倫來到學院時，陷入了一瞬間的混亂，即使如此，還是秉著打個招呼應該沒關係的想法，準備動身去找人，卻被希爾阻止了。

她名為希爾·拉爾·汀巴爾，是賈迪爾最年長的妹妹，也是汀巴爾王室的第一公主。她今年就要滿十四歲，深受拉比西耶爾寵愛，為人冷靜沉著，甚至接受了王妃的調教，是個擅長收集情報的女孩。

她有著汀巴爾王室特有的金髮碧眼，輕盈的長鮑伯頭，還有和王妃一模一樣的面容，給人冷峻俐落的印象。

明明是正值青春期的女孩，卻不怎麼展露笑容，因此常被同齡的孩子嫌「無趣」。但只要她一開口，她的話術卻會讓所有人驚豔。

因為如此，比起和同齡的女孩開茶會，她更常以王妃寵愛的女兒身分參加大人的社交活動。她就像希爾這個名字的意思──「天空」一樣，擁有銳利的鷹眼可以收集情報，也擅長操作情報。

她能幹到拉比西耶爾曾經不小心脫口道出：「如果她是男孩就好了。」

她也擅長刺繡，年紀輕輕，手腕就不輸專業。而且常常帶著各種大小、種類的針頭，說這樣心情會比較平靜，是個謎團有點多的女孩。

順帶一提，兄弟姊妹們給她的評價是：「恐怖……」

「不行喔。請您留步，王兄。」

「希爾？」

「難道王兄想親自去打招呼？」

「……」

希爾是不太把感情表露在臉上的女孩子，但賈迪爾知道她正在責備自己何以為之，因此發出了一聲嗚咽。

親自前去打招呼——這根本不是王族該有的行為。

賈迪爾知道自己忘了這件事，心不甘情不願地坐回椅子上。但畢竟有凡克萊福特家的事情在，他知道羅威爾不會前來打招呼。面對這進退兩難的狀況，賈迪爾不禁感到焦躁。

自己的兄長和其他貴族一樣坐立難安，那副不可靠的樣子讓希爾瞇起了眼睛。賈迪爾察覺希爾的反應，更加無地自容了。

希爾隨後表示有話想說，催促賈迪爾換去一個沒有其他人在的房間。

他們換到貴族塔內只有王族可以進入的房間，那裡用魔法做了隔音處理。

從內側將房門上鎖後，希爾隨即吐出不把兄長當兄長看的狠毒言語。

「王兄，您該不會是又想去艾倫小姐那邊吧？」

「……我只是想打個招呼。」

儘管這話說得尷尬，賈迪爾平常卻不會這樣。身為王族，他平常是個會身先士卒的可靠兄長，但一扯到艾倫，就有失去冷靜的傾向。

賈迪爾這幼稚的行動就連拉比西耶爾這個父親也覺得頭痛。

明明就快畢業，要正式輔佐陛下做事了，卻總會因為艾倫分心，身為王太子的自覺實在不足。

擅長收集情報的希爾已經自行調查過，知曉一切內情，也知道賈迪爾為什麼對艾倫這麼執著。

「我從以前就很想告訴王兄一件事了。」

「……什麼？」

「王兄，您的行動非常噁心。」

「！」

妹妹的這句話深深刺入心坎。見賈迪爾大受打擊，希爾嘆了一口氣。

「王兄，您知道我們受到詛咒一事後，曾和拉蘇一起跑去凡克萊福特家對吧？」

「呃，啊……」

「我看在眼裡，真的覺得很噁心。」

「嗚咕！」

希爾毫不留情的言語毒針不斷刺向賈迪爾，他完全無法回嘴。希爾接著開始細細解釋箇中緣由。

「我們王族主動和人發展出一段情誼，對其他貴族而言有著特別的意義，對他們本人也是，但艾倫小姐則另當別論。」

「這個……我知道啊……」

「您不知道。我的意思是，就算您希望精靈眼裡有我們，艾倫小姐也不會領情的。她不是精靈界的下一任女王嗎？我們雙方的立場差太多了。」

艾倫是區區人界王族完全高攀不起的存在。正因為賈迪爾明白這一點，才想親自代表王族和她打招呼。

所以他更該行動。正當賈迪爾想這麼說時，希爾接下來的話卻讓賈迪爾感覺到自己的腦袋被痛毆了一頓。

「地位高的人彼此交流的確是一件重要的事，但更重要的是，被一個不感興趣的男人死纏著打招呼，只會讓人為難，而且真的很噁心。」

「……唔！」

賈迪爾覺得自己的心臟傳出詭異的跳動，下意識揪住了自己的胸口。

希爾所說的話不像以王室立場表達的意見，反而比較像男女之間的價值觀差異。換句話說，不只希爾，賈迪爾的行動在所有女性的眼裡看來都非常噁心。

賈迪爾意識到這件事，臉色漸漸變差，甚至冒出冷汗。

若把希爾的意見當成立場相同的女孩子意見，便會很有說服力。賈迪爾這才明白，站在艾倫的立場來看，他根本是個極其麻煩的對象。

「艾倫是個被既噁心又受到詛咒的討厭王族糾纏的女孩子」。

賈迪爾終於曉得自己的定位了。

「明知自己的族人過去做了差勁透頂之事因此被詛咒，現在依舊只想著自己，王兄不覺得這樣的人根本沒有長進嗎？」

希爾的話無情地刺穿賈迪爾，賈迪爾覺得自己似乎就要站不穩。

在軟腳跪地之前，賈迪爾下意識地靠上牆壁。他的心跳紛亂到彷彿耳朵都聽得見。

他搖搖晃晃地癱坐在沙發上，失落地嘆了口沉重的氣。希爾見狀，也傻眼到了極點。

但希爾也深刻地明白為何賈迪爾會對艾倫如此執著。

當她還小，連最小的弟弟都還沒出生時，兄長對希爾而言就像全世界。

他們兄妹感情非常好，賈迪爾總會幫助過去內向、膽小的希爾，並和她一起玩耍。

賈迪爾常把自己最喜歡的童話故事唸給希爾聽，故事內容是人類和精靈合力一起冒險的故事。

其中描寫了他們共同面對各種困難，將彼此視為友人信賴，互助合作的姿態，以及精靈引發的各種奇蹟。

除了唸故事，他們最常玩的遊戲就是「尋找精靈」。

「我好歹也知道王兄您很憧憬精靈魔法使。」

「…………」

然而，現實無情。

在賈迪爾開始接受身為王族的英才教育時，他發現在眾多科目中，唯獨不見精靈魔法。

於是，他直接去找國王談判，說他想學，可是不知為何，國王卻不同意。

後來他決定自己想辦法，曾經為了尋找教授精靈魔法的魔法使，自行前往有精靈魔法使的高塔，結果引發了一場大騷動，所有精靈都逃走了。

那時他不知道為何會如此，只記得唯有父親拉比西耶爾受到了嚴厲的警告，因為他從以前就知道會有這種結果。

賈迪爾總是思索著為什麼，甚至被告知王族不能參加學院的盛事——與精靈締結契約的儀式。

他從未在尋找精靈的遊戲中發現精靈，也從沒見過。自己明明沒看過也沒見過，精靈魔法使們卻能和他們成為朋友或夥伴，使用各式各樣的魔法。

賈迪爾的心因此煩憂不已。只要一次就好，他好想見到精靈。

後來精靈似乎感受到他多年的念想，他終於見到了艾倫這個存在。

但諷刺的是，他同時得知精靈為何要逃走的原因了。

希爾一邊看著兄長從剛才開始就頂著一抹暗影的背影，一邊緩緩地吐氣。

希爾也不是不懂兄長的心情。她反倒認為相較之下，女生應該比男生更喜歡精靈、妖精、魔法這類東西。

假設有個能讓戀愛成真的魔法儀式存在，大家以此為話題熱烈討論，那麼，最後會偷偷實踐的人，究竟是男生還是女生呢？

根據傳言，艾倫的外表和人類大相逕庭。總說她有神祕的眼眸，外表和年齡不符的稚嫩身形，還說她是妖精或精靈公主。

因此希爾明白，這樣的外表和兄長心中的憧憬混合，他會對艾倫一見鍾情也是無可奈何。

（我也一樣想見見艾倫小姐啊……）

對精靈有憧憬之情的人可不只兄長一人，希爾私底下也懷有憧憬。

與其被人稱讚目光像老鷹一樣銳利，被人當成王室淑女對待，她更想和精靈一起自由自在運用魔法，以朋友的身分天南地北談天。

然而希爾比任何人都清楚周遭狀況，她自認對現實有自知之明，所以她不能如此奢望。

希爾確實嫉妒兄長的立場。如果賈迪爾忘記了立場，優先他的憧憬，那麼他的地位讓給自己也無所謂吧？希爾不禁這麼想。

如果希爾是男孩子就好了——國王的這句感嘆始終推著希爾的背。

她從沒想過，只不過是沒能生為男孩，就得嚐到這樣的屈辱。

想讓周遭人認同自己的慾望以及立場不被允許的煩躁，讓希爾的眼神越來越尖銳。

在那樣的煩躁之下，又以女性的觀點來審視，她無法容忍兄長的行為。

希爾確實極為嫉妒自己的兄長，但更重要的是，她擅長收集情報，也有不為人知的品德。

「王兄，我就明說了。我不能放任男性單方面的擾人行為。」

希爾冷冷地笑道，看來她還是個比任何人都更會替女孩發聲的人。

別說是同世代的人了，希爾甚至深得婦人的信賴。王妃主宰著社交界，身為她的寵兒，當然也包含了更深一層的含義。

連男性也極為信任她，這倒是始料未及。大家私底下都瘋傳，只要找希爾商量戀愛煩惱，戀情就有很高的機率會成真。

儘管希爾在檯面下非常有名，卻因為她操作了情報，賈迪爾完全不知道有關希爾的傳聞。

「因為是現在，我才告訴您。不管王兄您跑去凡克萊福特家多少次，艾倫小姐都不在，是因為我事先捎消息給他們了。」

「什麼——！」

「就算聽說我們受到詛咒，還是兄弟一起跑過去，您就沒想過會造成艾倫小姐的困擾嗎？」

「妳、妳居然……！」

賈迪爾大概是沒想到在這麼親近的人當中，居然有人進行妨礙。他明顯大受打擊，鐵青著一張臉，無法言語。

相對於內心慌亂的賈迪爾，坐在對面的希爾倒是顯得凜然，舉止非常優雅。見她表現出身為王族的從容姿態，賈迪爾似乎終於明白希爾想表達什麼了。

賈迪爾做了好幾次深呼吸，告訴自己要冷靜下來。

他正在把自己的心情切換成王太子，希爾沒有催他，只是靜靜地等待他冷靜下來。

「……我明白妳的意思了。」

賈迪爾就像死了心一樣，身體慢慢靠上沙發椅背。

「不，我還沒說完喔。」

「……還有什麼？」

「如果是原本的王兄，應該會明白喔。」

「？」

「王兄，您到現在還不明白艾倫小姐和羅威爾大人為什麼會來到學院嗎？」

「……！」

賈迪爾這才被點醒，原來在希爾開口之前，他根本完全沒動腦思考。他大大吐出一口氣，皺緊眉頭，閉上眼睛。接著，當他睜眼的瞬間，整個人的氣氛才真的改變。現在，他的臉上已經見不到直到上一秒的賈迪爾了。

希爾見狀，露出嫣然一笑。

「妳知道些什麼？」

「我本來是為了告訴父王才收集情報的，但沒想到他們比我想像中的還早用上這種強硬的手段。」

「原來如此。」

「我也知道王兄您早就行動了，畢竟那個男人對奇蹟之藥很執著。」

「關於藥的事，我已經事前告訴陛下和凡克萊福特家的總管了。我知道他們無法從王室和凡克萊福特家拿到那種藥，一定會慌忙出手，但沒想到會這麼快。這代表他們被催得急了嗎？」

「……」

希爾最近越發覺得賈迪爾和拉比西耶爾越來越像了。不對，與其說越來越相似，不如說他必須要相似。

不可思議的是，告訴他不得不如此的人就是艾倫。這種時候的賈迪爾還會面有難色地深思，但若是拉比西耶爾，越是落入窘境，他的笑意就會越深。

看起來就像在享受一場遊戲，希爾真心覺得那樣的拉比西耶爾很可怕。

不過希爾身為妹妹，仰慕著不曾放棄夢想，勇敢挑戰的賈迪爾也是事實。

希爾打從心底希望賈迪爾就這麼維持現狀，不要改變。

接著，希爾向賈迪爾遞出一只沒寫上收件人的信封。

「……這是？」

「是我還沒向父王報告的情報喔，隨王兄怎麼使用吧。」

「希爾……？」

「還有一件事，王兄您似乎沒有注意到，我就先說了。」

「什麼事？」

「請您小心凡克萊福特家的另一位千金。」

「……拉菲莉亞？」

「只要想想她的出身就會明白，她和剛才的王兄一樣，只看著眼前。」

「嗚咕……！」

賈迪爾覺得自己從剛剛開始就如坐針氈。才剛調適好的心情，卻這麼輕易就動搖，賈迪爾不禁心慌。

「還有，希望您提高警覺。形影不離的敵人現在也近在咫尺，就像我這樣。」

「什……？」

希爾說到這裡，表示已經說得夠多了，便從椅子上站起。

「……我還真是比不過妳的手腕。」

賈迪爾一邊苦笑，一邊道謝，然後收下信封。希爾卻只是始終背對著賈迪爾，一瞬間露出了彆扭的表情。但是，她立刻換上一抹假笑，就這麼看著兄長。

「因為有個很棒、很大的誘餌呀。就算什麼都不做，也會自動幫我收集獵物，我實在是受益匪淺呢。」

希爾呵呵笑著，走出了房間。

賈迪爾愣在原地，聽懂誘餌是什麼意思的他只能搔搔頭。

「實在比不過……」

親自下海當誘餌吸引敵人，然後從上空獲取情報。

王不單單是只要驅使棋子、指揮軍隊即可的存在。

*

前往學院長室的路途上，因為周遭交頭接耳的聲音和沒禮貌的視線，艾倫快被煩死了。

加上羅威爾他們走路的速度相當快，如果艾倫不小跑步，根本追不上。

這個世界的男性很高，腳因此等比例的修長。要是他們按照自己的步伐行走，身高較矮的艾倫就非得用跑的，否則會跟不上。

她是精靈，所以能夠用浮游的方式移動，但要是在人類面前那麼做，不知道會出什麼

事。

而且在人類面前也不能傻傻地使用轉移，艾倫不禁嘆了口氣。隨後，羅威爾馬上發現艾倫這道嘆息，於是開口道歉：「抱歉，我沒注意到。」

「來吧，艾倫。」

羅威爾說完，艾倫反射性高舉雙手，做出抱抱的動作。

羅威爾笑了笑，就這麼抱起艾倫，直接讓她坐在其中一隻手臂上。走在前頭的學院長見狀，訝異地瞪大雙眼。

若以艾倫的身高換算人類的體重，平均大概是三十公斤左右。不過艾倫的真實體重其實只有平均的五分之一，大概六公斤。

纖細的羅威爾用一隻手臂扛著一個看起來有三十公斤的孩子，也難怪會讓人驚訝了。

學院長看著艾倫緊緊摟著羅威爾的脖子，儘管訝異，還是笑了。他的眼神就像個對需要費心照顧的孩子表示憐愛的家長。

（慘了，他一定覺得我很幼稚……）

這種時候通常考驗著身為貴族的修養。名目上雖說是要來學院學習，來到這裡之前的家庭教育也會受到測試。

事實上，艾倫很小隻，或許就是因為看起來不像十二歲，她順勢就這麼做了，這讓她有些後悔。可是，要一直小跑步跟上大家也很辛苦。

將雙方擺上天秤後，艾倫非常乾脆地選擇了輕鬆的方式。

她把頭靠在羅威爾肩上，這個姿勢非常舒適。而且，既然沒了追上羅威爾他們的必要，她也能把注意力放在周遭。

體會到這份方便後，艾倫決定把思緒埋入興趣當中。她左顧右盼，不疾不徐地望向周遭。凱看她這樣，大概是感到欣慰，艾倫覺得他露出了笑容。

儘管有些難為情，現在卻不能說這種話。畢竟這是奧莉珍委託的調查，艾倫拿出這個冠冕堂皇的理由，沉浸在興趣當中。

艾倫計算著從入口到這裡的步數，然後換算成距離。學院長室就在學院中央。

她聽說一樓設有公共設施，那個地方確實感受得到學生們的視線，但自從越過那裡，走進教職員的通道後，就不再看見學生的身影了。

不過，就快到上課時間了，學生也有可能只是回到了教室。

艾倫全力策動大腦，在腦中建構出這座學院的立體圖。建築物的構造、路線、教室的數量……以這些為基準繼續計算，預測教室的平均大小，接著套用至建築物的大小，找出空白部分。

（總覺得這棟建築物下面有什麼東西。還有，這股氣息是什麼……）

自從走進這棟建築物後，艾倫就感覺到一股非常熟悉的氣息。那股氣息非常微弱，只能勉強感覺到。目前只知道對方並非弱小的精靈，但艾倫實在不解，為何只能感覺到這麼微弱的氣息？

明明是精靈，感覺卻又不一樣，是一種難以言喻的氣息。

羅威爾馬上就察覺艾倫的神色有異。

「艾倫，妳已經發現什麼了嗎？」

「只是知道個大概。還有，這棟建築物下面有東西。」

聽到艾倫的低語，羅威爾睜大雙眼。

艾倫斷定「有」某種東西存在，而且也告訴了羅威爾，她覺得這股氣息是精靈。

為什麼學院正下方會發出精靈的氣息呢？就算只是憑空推測，羅威爾也覺得事情並不單純。

而且奧莉珍說過，她在羅威爾在學期間就感覺到一股異樣感了。

會增幅精靈之力的現象。或許應該解釋成——因為精靈，產生了某種作用。

「我從剛才開始就有種奇怪的感覺了……難道奧莉說的就是這個？」

「我覺得是，看來這所學院真的有內幕。」

艾倫身上那顆不能開啟的開關已經被打開，聽見那道樂在其中的聲音，羅威爾只能苦笑。

她在前往學院長室的途中，就已經一一推敲出幾個可能的場所了。

而且既然已經知道精靈的氣息是從地下傳出，就得思考為什麼精靈會在學院下方了。

然而那股氣息弱到連奧莉珍都僅覺得有異狀而已。艾倫始終思考著，為什麼奧莉珍是感覺到「異樣感」？

（這股氣息大概有大精靈的等級……可是為什麼只釋放出這麼小的力量呢？）

沒錯，這就是異樣感的真面目。

（如果是大精靈，至少會和媽媽打聲招呼……可是卻被當成異樣感帶過，這代表……）

大精靈因為某種理由，處於無法動彈的狀態。或是形成精靈本質的魔素在地下盤旋，累積成了大精靈等級的規模。

汀巴爾王國從前曾把精靈當成祭品，企圖打開連接世界的大門。

而且這附近就是魔物風暴這起魔素失控事件發生的地點。

（……這附近？）

似乎事有蹊蹺。艾倫陷入沉思，甚至連剛才占據整個思緒的城堡構造都不知飛去哪裡了。

「……倫……」

（有東西在這所學院的地下，而且建築物到處都有多餘的空間，這些地方甚至有規律可循……）

「……艾倫！」

艾倫因為這聲叫喚抬起頭來。只見羅威爾一邊苦笑，一邊問：「回神了嗎？」

「我看妳好像想得很認真，還好嗎？已經到了喔。」

「啊，對不起，爸爸。」

艾倫請羅威爾將她放下，自己站好。

眼前是一扇偌大、奢華的房門。這裡就是學院長室吧。

羅威爾率先踏入室內，學院長請他坐在室內的沙發上。

艾倫坐在羅威爾身旁，凱和凡兩名護衛則站在沙發後待命。

室內除了學院長，還有疑似輔佐他的教師。這個人恐怕會負起會談結束之後帶領他們參觀校園的任務吧。

艾倫並未特別把注意力放在教師身上，而是看著眼前的學院長，他實在是個非常低姿態的人。

「再次鄭重歡迎您們來到學院，羅威爾大人。我是這所學院的第六十二任學院長，我叫巴爾法。」

「啊，你的信實在很煩人。我們應該已經多次拒絕了，請問這是怎麼一回事？」

「您這是什麼話，羅威爾大人，讓令嬡就讀學院，可是關乎未來的重要道路啊。」

「就是因為沒有必要，我方才會拒絕。而且小女不是這個國家的人，照理說也沒有必要進入學院，這件事陛下也知情啊，可別說你們不知道。」

「若是這樣的話，請令嫒務必來這裡留學！您也是這所學院的畢業生，請務必讓令嫒也……」

「我要說幾次沒有必要，你的腦袋才能理解？」

羅威爾尖酸的言語不斷刺著眼前的學院長。儘管學院長的臉因為羅威爾的話而扭曲，他還是沒有退縮，想方設法要讓艾倫進入學院。

艾倫只和地位比公爵還高的貴族——也就是王室之人說過話。雖然她對羅威爾的態度感到驚訝，卻也知道羅威爾平常沒有現在這麼蠻橫。得知羅威爾現在相當生氣，艾倫倒是有些驚訝。

（爸爸這麼不想讓我進入學院啊……）

這也只能苦笑了。

學院長大概是被羅威爾的態度逼慌了，他非常拚命。

再繼續惹火羅威爾會發生什麼事，明明是淺而易見的事，學院長卻依舊死命想說服他讓艾倫進入學院。

這麼拚命想讓艾倫進入學院，難道是有什麼理由嗎？

應該說，明顯成這樣，簡直就是正大光明地告訴大家這件事有內幕嘛。

（如果是想和凡克萊福特家的人攀關係，有拉菲莉亞應該就夠了……非我不可的理由是什麼？如果想攀父親的關係，應該會活用這個狀況，可是談話內容僅限於要不要讓我入學……）

如果對方是想和艾倫本人攀關係呢？

如果艾倫進入學院，對學院有好處的話呢？

（如果他們是王室派來的人，手法未免也太粗糙了……難道是想用最快的手段替自己拿到藥？）

艾倫皺起眉頭。這下子，在體驗入學期間，要調查的事情又變多了。

「爸爸，我們來這裡是為了參加入學體驗，等參觀完再下結論也可以吧？」

「艾倫……？」

艾倫笑著面對不解的羅威爾。學院長見狀，瞬間笑逐顏開。

「小姐說得是啊！請您務必在學院交幾個朋友！」

艾倫沒有回答學院長，只是笑著直盯著羅威爾看。

「爸爸，這所學院適不適合我，還有授課內容等等，有很多事情我都想問清楚。我看中央的建築和周邊的建築構造不同，應該有什麼歷史背景才對。」

「呃……正是如此！沒有錯！請兩位務必先旁聽再行判斷。小姐對這所學院的歷史有興趣，這真是我們的榮幸。小姐想問什麼就儘管問……」

「學院長同意了！那我今天就以凱的課程為中心體驗吧。我也可以調查建築物對吧！」

「可以！可……以……？」

學院長到了半途才歪起頭來，大概是覺得自己允諾了一件不太好的事吧。

不過在歪著頭的學院長對面，艾倫卻一臉開心地笑著。羅威爾看了輕聲說道：

「艾倫，妳在傻笑喔。」

「哎呀。」

艾倫繃緊表情，若無其事地重新在沙發上坐好。

見艾倫如此裝模作樣，坐在旁邊的羅威爾不禁噗嗤笑了出來。

「……爸爸。」

「呵呵……艾倫好可愛喔～」

羅威爾的壞心情瞬間被吹散，一臉憐愛地撫摸艾倫的頭。學院長看了，訝異地睜大雙眼。

剛才羅威爾面對學院長那副冰冷的態度就像一場謊言。

「學院長，請問您有這所學院的平面圖嗎？說來傷腦筋，其實我很容易迷路。」

「那還真是傷腦筋啊，我現在馬上拿來。」

艾倫裝模作樣地說道，學院長隨即轉身，小跑步前往書桌的抽屜。

對於艾倫的迷路發言，羅威爾和凱似乎被戳中了笑點，忍著不笑出聲音，這引來了艾倫一陣怒瞪。

雖然雙方清了清喉嚨，馬上端正儀態，羅威爾卻還是甩不開笑意，呵呵笑著。

見羅威爾如此，艾倫笑著捏了他的手。羅威爾嘴裡叫著：「好痛喔～」同時撒嬌似的用自己的頭磨蹭艾倫的頭。

學院長打開辦公桌的抽屜，尋找著平面圖，不過似乎找不到，於是他命令在室內待命的輔佐去拿來，那個人就這麼慌慌張張地離開辦公室。

艾倫見機不可失，推開正在撒嬌的羅威爾，從沙發上站起。

她從剛才開始，就很在意這間學院長室的某個地方。

艾倫死盯著靠牆擺放的書架。只有書架右邊的一小部分，厚度截然不同。

這間辦公室的大小，如果以走廊上看到的來衡量，幅寬實在搭不起來。艾倫認為，這座書架後方一定有個小房間。

艾倫趁學院長的視線不在他們身上，悄悄移動。

凱雖然對艾倫的舉動感到困惑，卻也沒有多嘴，只是默默地看著她。凱是個懂得察言觀色的人，羅威爾和凡則是已經習慣了，不過是對艾倫這麼快就發現了什麼感到訝異。

沒錯，這類機關大部分都會裝設在書桌下或書架上。

室內的地毯只鋪在沙發周圍，桌子底下是木板。換言之，書架的機關應該就在書架上。

如果是近代的建築，常會在桌子底下鋪設地毯，以掩飾機關的線路。不過這附近沒有魔法的氣息，艾倫推測，這裡用的大概是原始的機關吧。

為了不讓人察覺蹊蹺，這種書架機關通常會放在中央。

（從書架那奇怪的空隙計算，大概是在這一帶……）

艾倫推測出的地方只放著一本宛如紅色陶器的書。

普通書籍的封面用的都是布或皮。只要靠近一看，就會發現那本表面光滑的書是製品，非常醒目。

艾倫毫不猶豫地拉開那本書。隨後，伴隨「咚」的一道巨響，書架往旁邊滑開。

「！」

學院長大概是對這熟悉的聲音感到驚訝。他回過頭，整張臉僵住，非常有意思。

「哇啊啊，好厲害的機關！真不愧是學院！」

儘管這話說得毫無感情，艾倫還是迅速闖進密室，擺出這只是一場意外的態度。

她進入密室，發現那是個似曾相識的房間。沒錯，這間密室和艾倫他們在領地內發起改革之前，用來做治療院用藥的房間很像。

（原來如此。是這麼一回事啊。）

艾倫知道他們想讓她進入學院的理由了。

學院長慌慌張張地跑來，想把艾倫請出密室。

「學院長專攻治療學嗎？」

「咦？什麼？」

「我們的領地也實行了治療院的改革。學院長不嫌棄的話，稍後請和我聊聊吧。」

在艾倫表示他們之間有共通點，而且很期待和他暢談後，原本驚慌失措的學院長竟露出扭曲的笑容。

「好、好的！一定！聽聞凡克萊福特領正致力改善治療院，我也很有興趣呢！」

看來他似乎認為艾倫不小心發現這間密室，反而可以讓事情往好的方向發展，因此放心了不少。

不過在他的背後，羅威爾已經是一副彷佛發現獵物的冰冷面容，嘴裡還唸著：「原來如此啊。」凱則是一臉鐵青，心想：「不會吧……」

學院長並未發現他們的神情，自顧自地繼續說了下去。

第十二話　羅威爾的別名

艾倫等人從學院長手上獲得學院的平面圖後，往凱的教室前進。

「那個……艾倫小姐，您真的要去我的教室……？」

「對！」

「你是騎士科的對吧？我也出身那裡，這樣比較好說明。」

「啊……不，我不是這個意思……」

見凱吞吞吐吐，艾倫不禁困惑。

「難道這樣讓你很為難嗎？」

仔細想想也是，凱或許不會想在熟人眾多的場所介紹身分比自己還高的親友。

艾倫為自己思慮不周感到失落，凱見狀，急忙揮舞雙手。

「沒有這回事！兩位能來，我的同學一定很開心！但我不是那個意思，我是想……艾倫小姐不去淑女科好嗎？」

所謂的淑女科，是貴族女性學習的領域，貴族女性大多也會選擇這個學科學習。

舉凡貴族的禮儀、刺繡還有扶持丈夫的方式，都是婚前淑女的必修科目。

如果是要繼承貴族家的人，就進入貴族科；如果是早已和精靈締結契約，學會精靈魔法的人，就進入精靈魔法科；或者也可以因為家族考量進入其他學科。

「艾倫已經是淑女了啊。」

羅威爾的臉雖然笑著，眼睛卻沒有半點笑意。

淑女科所在的高塔是男賓止步。站在羅威爾的立場，不只他和艾倫可能會被拆散，重要的是，拉菲莉亞和艾米爾都在那裡。

羅威爾不可能把艾倫送去那種地方。他顯露出漆黑的笑容，彷彿在詢問凱在說什麼鬼話。

見識了羅威爾的態度，凱才發覺自己失言，鐵青著一張臉道歉。

「先不提那個，公主殿下，這樣真的好嗎？根據這個小子說的，那個地方全都是男人啊……」

「有你們在我身邊，沒事啦！要是遇到緊急事態，就使出轉移當作無可奈何的最終手段吧。」

如果艾倫本身會使用轉移，旁人可能會猜測她是否和大精靈締結了契約，進而引發騷動，所以她和羅威爾事先說好了，會先由羅威爾使用轉移。只要和羅威爾在一起，就能找藉口說艾倫只是跟著被轉移了。

「先撇除貴族科和淑女科，如果去精靈魔法科，精靈們也有騷動的可能。剩下的騎士科

是便於行動的首選。」

「而且我也是騎士科出身，這裡也有你這個現役學生，就不用費盡心思解釋了。」

他們說好從便於行動的學科開始調查建築物。

「真要說的話，我的目標應該是治療科吧。另外農科和商科也讓我有點好奇。」

羅威爾和凱雙雙歪起頭，農科和商科似乎在他們料想之外。

這兩個學科最近才剛成立，羅威爾甚至不知道它們的存在。

聽說在魔物風暴之後，拉比西耶爾表示，為了重建殘破不堪的國內，這兩項技能太過薄弱，成了成立的契機。

農科會教授讓農業技術更精良以及增加產量的方法，商科主要是在學習簿記和商品開發等等。

這個國家的王室無法借助精靈之力，所以更會著眼現實層面付諸行動。

艾倫覺得自己似乎窺見拉比西耶爾一小部分的能力了。

「與其和貴族交流，我更想和將來推動物流的人才交流。」

凡克萊福特是公爵家，他們不必在乎底下貴族的臉色。

話雖如此，既然王室現在等同敵人，他們必須重視的對象就是領民了。

艾倫明明沒有直接參與領地的運轉，卻能放眼整個領地，採取的行動的影響也逐漸遍布全國。

羅威爾露出淡淡苦笑。他心想，這就是艾倫身為女王的素質吧。

「有凱陪在身邊，真的幫了大忙！要是有學院的人跟著，能調查的東西也調查不了。」

「唔……」

羅威爾和凡因為艾倫這句話，表情變得複雜。他們兩人都反對讓凱擔任護衛，覺得很不是滋味。

但艾倫這句話令凱感到很開心。他高興地說：「能幫上您，是我的榮幸。」

說著說著，艾倫握著羅威爾和凡的各一隻手，三人就這麼並排走在走廊上。這時，有幾個大概是正好上完課的人瞪大了雙眼看著他們。

（學生變多了……下課了嗎？）

每當他們擦身而過，那些人就會看著艾倫，說她很小，然後從遠處發出陣陣竊笑。

其中也有人很訝異艾倫竟穿著學院的制服。艾倫的體格嬌小，或許看起來根本不到入學的年齡。

到處都有人驚異地發出「是羅威爾大人！」的聲音，同時也有竊竊私語說著：「那孩子是誰？」

艾倫平常幾乎不會出現在這種場合，所以也不怎麼在意過他人的目光。如果是平常，對她投以視線的對象也通常是大人們。

現在變成年齡相仿的孩子們，艾倫便會介意了。

艾倫心想，被兩個大人牽著走會不會很丟臉呢？

小孩子會被大人牽著手走，是因為大人擔心小孩會走散不是嗎？

一旦開始介意，艾倫就越來越在意周遭的目光。

只要身在學院，不管他們走去哪裡都是注目焦點。或許無法要求她別在意，但艾倫心裡實在難受得不得了。

要不要乾脆早早鬆開牽著的手呢？

「……艾倫？」

羅威爾似乎敏銳地注意到了什麼，緊緊握住艾倫的手。

她或許下意識鬆開了牽著的手。回過神來的艾倫看著羅威爾，露出嫣然一笑，緊緊回握牽著自己的手，像是在回應羅威爾的疑惑。

走在前頭帶路的凱也留意著他們的模樣，艾倫這才察覺，自己剛才說不定態度不怎麼好。

儘管胸口稍稍留下了一點疙瘩，艾倫還是不停要自己別在意。

在艾倫想著這些事時，不知不覺抵達了目的地。凱站在教室門前，說：「就是這裡。」

艾倫抬頭，只覺得凱的儀態好像被緊張矯正了，他站得直挺挺的。

聽說騎士科的紀律很嚴格，看凱這個樣子，艾倫也感受到了軍隊特有的嚴謹。

凱現在給人的感覺和擔任護衛時的他不同，艾倫不禁看得出神。

凱平常總像對待妹妹一樣默默守護著艾倫，總是面帶微笑。

但在今天，他的表情卻變得緊繃。那讓艾倫在覺得稀奇的同時，也稍微感受到了騎士科有多嚴厲，開始心跳不已。

「凱好帥喔！」

凱表示要先進教室跟教師解釋來龍去脈，就這麼走了進去。

艾倫笑著這麼對羅威爾說道，羅威爾和凡因此瞪大了眼睛。

「……糟糕，我這個決定太衝動了嗎？」

「小子……給我記住了。」

艾倫總覺得兩邊傳來了咬牙切齒的聲音。當艾倫以為自己說了什麼不該說的話時，教室裡突然傳出興奮的叫聲。

艾倫在驚嚇之餘抖動雙肩，羅威爾則無可奈何地嘆了口氣。

「想當騎士的人怎能這麼膚淺啊？」

歡聲在教師隨後發出的怒吼聲之下平息。

羅威爾似乎對這道聲音有印象。他開心地說著：「這還真是令人懷念的聲音。」

艾倫這才發現，撇除凡克萊福特家的人，這可說是她第一次見到羅威爾的舊識。之所以會這樣，也是因為羅威爾的朋友們幾乎都在十四年前那場魔物風暴喪生了。

這也代表了當時那場戰鬥有多麼壯烈。感覺羅威爾有些顯得懷念，又因為想起了從前而有些悲傷。

艾倫仰視著他，默默將這些看在眼裡，緊緊握住羅威爾的手。

隨後，羅威爾回過神來，看了艾倫一眼，艾倫於是回以一抹微笑。

「好期待見到懷念的人喔！」

「……呵呵，就是啊。」

當艾倫和羅威爾兩人相視而笑，凱從教室走出來，說了一句：「讓您們久等了。」

羅威爾簡單回答他後走進教室，並對教室裡的人們說：「打擾了。」

艾倫跟著羅威爾走進教室，只見教室裡的學生們全將右手放在胸前，然後起立。

儘管外表留著稚嫩的氣息，卻有著宛如軍隊的一致美感。學生們面前站著一位頗具威嚴，老練的大叔，他以完美的姿勢低頭致意。

這位大叔身材壯碩，頭髮往上剃短，嘴邊整齊留著落腮鬍，眼角的皺紋顯示出相應的年紀，乍看之下很像邋遢版的索沃爾，讓人看不出他的歲數。

不過銳利的眼神給了艾倫最深刻的印象，她覺得他是個可怕的人。

「羅威爾大人，歡迎來到騎士科。」

「還真是懷念啊。要受你們照顧一陣子了。」

「好的。凱！快拿椅子來給羅威爾大人！」

「是！」

凱的動作非常俐落，彷彿每個動作都經過演練。

艾倫一愣一愣地看著凱，直到他搬了兩張椅子來，才對他道謝。就在艾倫要坐上椅子時，羅威爾制止了她。

「艾倫要坐爸爸腿上喔。」

羅威爾笑著，說出不容反駁的話語，艾倫只能傻眼地看著他。

不出所料，教室的人們全都驚訝地張大雙眼。

「那張椅子就給凡坐吧。」

「感謝您的體恤。」

見凡行禮致意的姿態，教室裡的人都以羨慕的眼光看著。

基本上，主人不會體貼臣下。受到主人體貼的家臣，代表他深受主人信賴。

主人與忠實的騎士的理想型就在這裡，那是每個騎士都會欽羨的關係。

凡克萊福特家和家臣平時就會有各種往來，雖然艾倫曾聽家裡的僕人們說過，還是對學生們的反應感到驚訝。

在其他領地，主人和家臣的關係似乎不太好。艾倫想起羅倫曾經說過，家裡有很多人一心一意只想在這裡工作，拚了命拜託才得以踏進家門，這讓她理解了學生作此反應的原因。

不論在哪個世界，勞動環境都要好好審視。她稍稍想起從前的事，嘆了一口氣。

艾倫坐在羅威爾的腿上往前一看，維持立正姿勢的學生們顯示出些微的動搖。

艾倫對著學生們嫣然一笑，他們卻縮瑟肩膀，錯開了視線。

（奇怪？他們怎麼了？這種反應讓我好傷心……）

是因為面對貴族讓他們感到害怕嗎？正當艾倫有些失落時，羅威爾摸了摸她的頭。

「艾倫，妳要一直保持這樣喔。」

「……？我不懂爸爸這句話是什麼意思。」

「不能懂啦～～」

羅威爾把自己的頭壓在艾倫的後腦杓上磨蹭，學生們全看得瞠目結舌。

但在那些人之中，眼睛瞪最大的，卻是站在最前面的老練大叔教師，這反倒讓艾倫很是吃驚。

*

拉菲莉亞在走廊上狂奔。

當她聽教職員說伯父他們已經往學院長室去，就無法不奔跑。

她甚至無視女教師在後頭大吼「拉菲莉亞！淑女不可以奔跑！」的聲音，只顧著趕路。

因為她有一股不祥的預感，現在這個狀況說不定是艾倫來就讀學院的前兆。

（少開玩笑了！）

拉菲莉亞離開領地後，才實際感受到自己過去過得多麼苦悶。尤其是歹徒把她誤認為艾倫擄走，那簡直糟透了。因為索沃爾過度保護，她一直被關在宅邸之中。

加上她獨自溜出宅邸，更失去了家臣的信任。不管她說什麼，大家都異口同聲說不行，完全不肯相信她。

之後，索沃爾找來艾莉雅，一起說明了原委。拉菲莉亞聽完內容，感到很驚訝。雖然索沃爾說過，是艾倫救了拉菲莉亞，拉菲莉亞依舊無法坦率道謝。

（為什麼？她害我被綁架耶！）

拉菲莉亞認為艾倫幫助她是理所當然。儘管艾倫道歉了，她卻乖僻得連對方的歉意也無法坦率接受。

這件事情全因拉菲莉亞向人炫耀她和王室有書信往來而起，因此索沃爾全面禁止她和殿下的所有書信往來，同時設置了更加嚴厲的監視。

照理來說，身為貴族，和王族有書信往來這一事實會帶給周遭極大的影響。

儘管周遭的人都語重心長地告誡她不可外揚，拉菲莉亞還是對自己太有信心，以為不會有事，就這麼對鎮上的好朋友炫耀。

當她知道這就是她被盯上、被擄走的原因，她完全愣住了。

說到底，拉菲莉亞就連聽了凡克萊福特家和汀巴爾王室之間的不睦，也只是左耳進，右耳出。

當索沃爾告訴她，凡克萊福特家不想和王室扯上關係時，她實在很絕望。

後來甚至被勒令今後完全不准和賈迪爾接觸。

拉菲莉亞根本不願那麼做，但也只能淚流不止，接受無法再和賈迪爾聯繫的事實。

她知道自己確實頑劣，但她不禁想，之所以會這樣，全都是艾倫一手造成。

如果沒有艾倫，她就不會被盯上。

如果沒有艾倫，她就不會被人比較。

她認為自己之所以總是和人唱反調，追根究柢都是艾倫害的。

她原以為終於可以擺脫那個領地帶來的苦悶，沒想到學院卻有艾米爾這個宿敵。她是索沃爾惡名昭彰的前妻——艾齊兒的女兒。

但艾米爾並非索沃爾的女兒。學院裡的人曾問過她事實究竟如何，所以拉菲莉亞直接表明她們不是姊妹，結果這竟被艾米爾本人知道了。

艾米爾似乎原本就知道拉菲莉亞的存在，也視她為眼中釘。

艾米爾雖是王族，卻因為母親不檢點，讓她受到許多不堪入耳的閒言閒語傷害，但那和拉菲莉亞無關。明明無關，艾米爾卻總愛針對拉菲莉亞。

「學院裡本來就有一個難搞的傢伙了，幹嘛連艾倫也要攪進來啦！」

加上拉菲莉亞最近聽女僕們竊竊私語，說艾倫近來和賈迪爾關係很好。那讓她憤慨不已。那到底算什麼？她不能和賈迪爾接觸，但艾倫就可以嗎？

（我絕不同意這種事！）

拉菲莉亞往學院長室狂奔。

隨後，當學院長告知伯父他們早已離開學院長室，她又愣在原地。

最後甚至受到學院長親自教訓，問她怎麼沒去上課。拉菲莉亞只覺得自己真的被整慘了。

*

騎士科的基本課程是──早上講座，下午開始訓練。

聽羅威爾說，之所以會這樣安排，是因為如果訓練課程安排在早上，學生們吃過午餐後一定會累到睡著。艾倫聽了，只能苦笑回答：「的確是。」

今天的課程內容從確認騎士的禮法開始，然後再帶到戰法。根據狀況應變戰鬥方式、軍隊陣型，判斷地形帶來的利弊，接著開始講解精靈。

見上課內容變成這樣，羅威爾不禁瞇起眼睛。看來教師是覺得和精靈締結契約的羅威爾在場，這樣正好。

老練的大叔教師看著羅威爾，不懷好意地笑了。教室裡也充斥著期待的眼神。看樣子要是不上臺，教室裡大概會被失望的表情塞滿吧。

艾倫心想，現在還是順應現場氣氛比較好，於是望向羅威爾，以閃亮亮的期待眼神看著他。

羅威爾正面受到艾倫的視線攻擊，整張臉忍不住抽搐。

羅威爾本來就很討厭被別人吹捧為英雄，艾倫也知道這一點。但他們是來學院調查事情的，只要把眾人的視線集中到一個地方，然後趁隙調查，事情就會有進展。艾倫這麼想著，決定把羅威爾當成擋箭牌。

突然邀請到羅威爾客串教學，教室裡滿是歡喜的叫聲。

羅威爾清了清喉嚨，然後走上講臺。「爸爸，加油！」見離開羅威爾腿上的艾倫如此替他加油打氣，羅威爾開心得整張臉都崩了。

「啊——照理來說，我是沒有講課的預定……但算了。你們知道十四歲的時候，就能調查自己和精靈的契合度吧。一旦結果確認你們有資質，就可以參加和精靈交流的活動……你們大概很期待，但抱歉要潑你們冷水了，你們要當作自己幾乎沒有資質。」

聽見這句闡述現實的宣判，教室裡滿是大受打擊的表情。在這個國家中，和精靈締結契約的人能一口氣出人頭地。現在，資質測試即將展開，應該有很多人抱著期待，也難怪他們會失望。

「有資質的人，幾乎都在十歲前就自然締結了契約。這種人在來到學院時就會分在精靈魔法科了。我也是在七歲時就締結了契約。你們要知道，這不是資質問題，而是精靈的心血來潮，不是你們本身的問題。」

聽到羅威爾和精靈締結契約的年齡，每個人都很訝異。

這所學院的地位由上至下分別是貴族科、精靈魔法科、治療科、騎士科、商科、農科。淑女科是女性專用的學科，因此不算在內。

各科中，除了精靈魔法科，能和精靈交流的是前三個學科，其他學科不予參加。就讀精靈魔法科的人，幾乎都是貴族或精靈魔法使的親朋好友。這是因為精靈這一存在就近在咫尺，使得精靈較容易見到他們。

「只要年滿十四歲，貴族科、騎士科、治療科的學生就能參加和精靈交流的活動。據說理由是因為吸引精靈的人，在這個年紀的魔力會達到最大值，但真相連我也不清楚。我自己的想法是，精靈捉摸不定。有些精靈只是因為看上碰巧撞見的人，就這麼和對方訂了契約。」

艾倫眨了眨眼。在她猜測著那會不會是指奧莉珍時，羅威爾注意到她的視線，於是拋了個媚眼，得意地笑了。

艾倫這才想起來，以前女王曾說過她締結契約的理由，是因為一見鍾情，讓艾倫實在傻眼。她還記得當時她大叫：「不行——！」

（媽媽……）

一想到現在看著這幅光景的奧莉珍，艾倫知道她一定會說：「可是嘛～」

「幸運和精靈訂下契約的人有三條路。和我一樣，跟精靈一起走上騎士之道、順勢成為精靈魔法使，或是成為治療師。」

提到治療師這個名詞，艾倫不禁想起之前見過的那個名為休姆的男孩。

他和名為艾許特的兔子精靈締結契約。年紀輕輕就和精靈訂下契約，還當上宮廷治療師，實在是飛黃騰達。

（他和殿下應該年紀相仿……那他不就是個很厲害的人嗎？）

艾倫慢了好幾拍，才發現休姆其實是個了不起的人，驚訝不已。

那個時候有太多事要處理，導致他們根本沒說上幾句話，不過如果下次還有機會見面，包括治療院的事情，艾倫想多方和他聊聊。

在艾倫想起這些事情的同時，羅威爾的講課依舊持續著。雖然剛才有些心不在焉，但比起授課內容，她更陶醉在這幅授課光景中。

（爸爸好帥喔～）

他受萬人景仰，是過去的英雄。一想到這種人竟是自己的父親，艾倫便覺得很驕傲。

認真替學生們上課的羅威爾，神情很嚴肅，顯得非常帥氣。艾倫悄悄看了旁邊一眼，只見凡也是一臉自豪。

（可惜的是如果直接告訴他，他認真的臉就會崩掉啊……）

學生們興致勃勃地聽著羅威爾講課。羅威爾非常擅長講解。見每個人都能理解羅威爾的說詞並沉醉其中，艾倫也想起從前接受羅威爾指導時的事，頻頻點頭。

儘管艾倫不得不遺憾地想：要是羅威爾平時也能這麼帥，那該有多好？他卻因為授課大受好評，不知不覺被逼著答應學生下午的課堂要去練習場參加戰鬥訓練。

這大概是多虧艾倫表現得最有興致，送上了最有效的聲援，直喊著她想看的結果吧。

＊

上午的課程結束，到了午休時間，學生一個勁地往餐廳移動。他們現在正值肚子會馬上餓的青春期，轉眼間就不見人影。

有些學生還在遠遠地偷看羅威爾他們，但有個教師趁這個空檔喚了一聲：「羅威爾大人。」

「太晚問候您了。好久不見，穆斯可教官。」

羅威爾一邊苦笑，一邊和穆斯可握手。

「我早已耳聞英雄閣下歸來的消息，幸好您平安無事。」

穆斯可的表情顯得有些悲痛。他大概是想起了前往對付魔物風暴，卻沒能回來的那些和羅威爾同年代的學生吧。他的眼角滲出些許淚水。

「我的運氣很好，畢竟以我當時的狀況，就算死了也不奇怪。」

聽見羅威爾這句沉痛的話，艾倫感到胸口一陣抽痛，於是抱住羅威爾。羅威爾見狀，笑著抱起艾倫。

「多虧我存活下來，才能得到這麼珍貴的存在。我很幸福。」

「就是說啊。我從沒想過能看見您露出這麼幸福的表情。」

艾倫看羅威爾和穆斯可平靜地笑著，總覺得自己也跟著開心了起來。

知道人界也有這麼擔心羅威爾的人存在，艾倫真的非常開心。

自從羅威爾成了半精靈，心中就有某個部分對人界心灰意冷。正因為艾倫了解這一點，才強烈地希望羅威爾能恢復和伊莎貝拉他們之間的關係。

艾倫現在尚有生前身為人類的記憶，但這些記憶就算未來被新的記憶取代，然後逐漸消失也不奇怪。

艾倫覺得，一個人既然還活在這個世界上，還有想見的人存在，就一定要去見對方。

（我已經不想再體會等到回過神來，一切就消失了的後悔。所以，我也不希望爸爸嘗到這種滋味……）

艾倫不記得自己死去的理由，也不知道為什麼自己會在這裡。生前的一切會一年一年變

得曖昧模糊，不管是雙親或兄弟姊妹的長相、朋友、上司、後進，還有最愛的人……

為了脫離這種憂愁，並轉換心情，艾倫笑著向穆斯可提問：

「請問爸爸以前是什麼樣的人呢？」

「艾……艾倫！」

見羅威爾突然慌了手腳，艾倫滿腹不解。到底是為什麼呢？

「呵呵呵……啊哈哈哈！」

穆斯可忽然大笑，艾倫在訝異之餘眨了眨眼。

「小姐，這裡不太恰當，我們一邊用餐一邊談吧。」

老練的大叔拋了個媚眼，那讓艾倫心動了一下。

穆斯可的一舉一動都非常有格調。當艾倫發現他很像羅倫後，心中隱隱想著：「跟爺爺好像！」

那讓艾倫迅速升起一股親近感，於是露出親近的笑容，精神飽滿地回了聲：「好！」

「很抱歉，這麼晚才向您問好。我是爸爸的女兒，名叫艾倫。」

「感謝您這麼有禮貌，艾倫小姐。我是在騎士科執教鞭的老師，名叫穆斯可·百嘉爾德。」

穆斯可以騎士的身分行了個禮。由於艾倫被羅威爾抱在手上，她只稍微拉起裙襬，當作回應。

「要去餐廳用餐嗎？」

「啊……拜託饒了我。」

「哈哈哈！畢竟您現在是英雄嘛，到時候想必大家都吃不成飯了。那麼就去我的辦公室吧。」

穆斯可擁有自己的辦公室，便帶領他們前往。

他們拜託凱依照人數去餐廳準備餐點。不過艾倫和羅威爾的食量較小，只需要兩人一份。

凱知道內情，點頭後便往餐廳出發。

凡身為精靈，不知道為什麼能正常和人類吃同等分量的食物。

針對這一點，羅威爾認為可能和他原本野獸形態的大小有關。

的確，艾倫以前在電視上看過，大型動物一天要吃大約十公斤的肉。凡的體格至少比那些動物大了三倍，只要把食量當作牠們的三倍，吃這樣的分量其實一點也不奇怪。

雖說精靈不必吃太多也沒問題，但如果個體原本的消耗量就不同，即使是精靈，或許也需要攝取分量相應的食物。

而且凡對人界的食物興致勃勃，因此發揮了點他作為貪吃鬼的那一面。其實這和艾倫教他們做的布丁有關。奧莉珍也很愛布丁，不過精靈基本上都喜歡吃水果或花蜜，大概天生就

喜歡甜食吧。

從凱確實以三人份計算了凡的餐點分量來看，凱和凡的感情大概真的如羅威爾說的那樣，算是非常好了。艾倫看了，內心不禁升起一股暖意。

這麼說起來，艾倫才發現凡對凱的稱呼已經從「小鬼」變成「小子」了。

從這件事看來，可以知道凱在凡心中的地位已經上升了。不過，他們還是老樣子愛吵架……或許只上升了一點吧。

「那我們就坐著等餐點送來吧。」

他們彼此面對面，坐在房間中央的沙發上。穆斯可的視線和艾倫對上，於是笑道：

「那麼，關於羅威爾大人的事……」

「不不不，那種話題不是現在在這裡該談的……」

「爸爸，請你先閉嘴！」

見艾倫作風強硬地讓羅威爾閉嘴，穆斯可忍著笑意，雙肩直抖動。

「那個羅威爾大人居然……呵呵呵！」

「穆斯可教官……」

面對羅威爾不滿的視線，穆斯可清了清喉嚨，模糊焦點。

艾倫這時才想到，自從來到人界後，她就遇見了許多對羅威爾的態度感到吃驚的人們。

身為親人的伊莎貝拉、羅倫還有索沃爾，他們都是一臉驚訝。而且與其說是驚訝，更像是驚愕。那到底代表著什麼呢？

艾倫將這個疑問拋給穆斯可後，穆斯可瞇起眼睛，嘴裡說著「真令人懷念啊」，並開始述說：

「羅威爾大人還是學院生的時候，因為那雙冰冷的眼神，被人稱作冰之貴公子。」

「冰之貴公子！」

艾倫驚訝地大叫，羅威爾則絕望地抱著頭。

艾倫直覺這就是所謂的黑歷史，直盯著羅威爾看。只見羅威爾因為難為情，整張臉都紅透了。

「冰之貴公子！」

「等……艾倫！不要一直叫……！」

「英雄是冰之貴公子！」

「拜託別叫了啊——！」

「小姐，不只這樣。其他還有像是掌管死亡的微笑騎士……」

「咦——！這個也麻煩教官說得詳細一點！」

「嗚哇啊啊啊啊——！」

羅威爾的慘叫就這麼在室內迴響。

艾倫一問之下，才知道羅威爾以前是個平時完全不笑的人。

原因就是那個艾齊兒。艾齊兒小時候對羅威爾一見鍾情，從此之後，羅威爾就一直忍受著艾齊兒的壓迫。

艾齊兒嫉妒心很重，甚至會對羅威爾的朋友施加壓力，簡直為所欲為。這樣的情形不斷持續，羅威爾當然就被孤立了。

羅威爾也與當時的凡克萊福特領主，也就是他的父親談了這件事，但礙於艾齊兒是王族，父親什麼也不能做。

父親反倒告訴他，面對上位者只能忍耐。羅威爾從小就在這麼一個抑鬱的環境下長大成人。

因為這件事，羅威爾在人前不怎麼笑了。唯一會笑的時候，就是和締結契約的精靈說話的時候。

（原來媽媽一直扶持著爸爸啊……）

奧莉珍之前就有稍微說明過狀況，但艾倫當時只是在一旁看著艾齊兒被定罪。要是她在事前知道情況惡劣成這樣，她恐怕會很樂意親自去摧毀掉艾齊兒吧。

艾倫現在總算知道奧莉珍那般厭惡她，甚至想對她丟火球的原因了。

所謂「美人不笑則恐」，羅威爾就是個典型的例子。

因此才會有「冰」這個別名。

「那掌管死亡的微笑騎士又是什麼？」

「這個啊，是羅威爾大人……」

「啊——！啊——！」

羅威爾發出大叫妨礙，艾倫於是用雙手遮住他的嘴巴，然後請穆斯可繼續往下說。

雖然羅威爾直發出掙扎聲，卻沒有認真要拿開艾倫的手。他大概是覺得，如果真的那麼做，艾倫會沮喪得哭出來吧。

羅威爾就這麼在艾倫手裡慌亂地發聲，聲波的震動弄得艾倫手頭發癢，讓她一邊笑，一邊催促穆斯可快點說。

穆斯可一邊看著如此溫馨的親子互動，一邊說出羅威爾的綽號由來。

「羅威爾大人和敵人戰鬥的時候，表情非常生動……他在課堂上比試劍術時，總會在釋放殺氣的同時露出極為享受的笑臉。」

看見那副模樣的人，大概嚇都嚇死了吧。艾倫完全認同這個綽號。

現在想想，那種比試幾乎可以算是羅威爾發洩的方式吧。一個平常完全不笑的人，用那種笑容和殺氣砍過來，代表這個別名的意思是「看到羅威爾微笑的人，就要有死的覺悟」吧。

艾倫不禁認真地側眼瞥向羅威爾。

沒想到羅威爾似乎也有自覺，彆扭地扭過頭。

「爸爸。」

「……幹嘛？」

「你用那種表情戰鬥，代表你當時非常樂在其中吧？」

「我無法否定……」

「不過說到在戰鬥中笑的人，您的胞弟索沃爾大人也一樣啊。您的父親巴爾沃爾大人也會在戰鬥中開心地笑，我想這是遺傳吧。」

穆斯可大笑，艾倫只覺得這樣的遺傳未免也太可怕了。

「妳是我的女兒，所以妳一定也會笑喔。」

「咦！才不會！我才笑不出來！」

「是嗎～？」

「爸爸，請問你這是什麼意思？」

見艾倫笑得不寒而慄，穆斯可很是驚愕。

當艾倫不解地詢問：「怎麼了？」穆斯可只是小聲地說了一句：「這毫無疑問是遺傳啊……」

艾倫聽見這句話，臉上的表情瞬間變調，惹得一旁的羅威爾一陣大笑，穆斯可只好急忙拉回原本的話題。

「好了好了，小姐，羅威爾大人可是非常卓越的劍術天才，他在學院留下的紀錄，到現在還無人能破呢。」

「爸爸有那麼厲害啊？」

「是啊。因此不只騎士科的人，大家都叫他『精靈劍神』呢。」

「噗……噗嗤！」

「那是什麼！我可沒聽說！」

慘了，笑出怪聲了。但實在是戳到笑點了，一時半會兒無法平復。

當艾倫抖動著雙肩忍笑時，羅威爾頂著一張悵然若失的臉，不斷戳著艾倫的臉頰。

「艾倫……」

「爸爸……對不……起咿噗嗤！」

「等一下，妳也笑得太超過了吧！」

「因為……因為……噗嗤！這根本不只一個別名，根本有四個了吧！」

不對，如果英雄也含在其中，那就是五個了？

「也有人稱呼他勇者，另外因為他承襲母親姣好的容貌……」

「夠了吧！」

「爸爸，你到底有幾個名字啊～！」

當艾倫拚死忍著笑意，她也注意到在沙發後待機的凡，雙眼不斷閃爍著光輝。

「……凡？」

「真不愧是羅威爾大人！沒想到在這裡已經被譽為神明了！」
這道純真的攻擊罕見地讓羅威爾受到致命一擊，他就這麼被擊敗了。

＊

當凱推著放有所有人午餐的推車回來，艾倫他們中斷了話題。
羅威爾表明凱和凡可以一起用餐，雙方都開心地找了空位坐下，一同享用午餐。
「嗯，你遇到了一個非常好的主人呢，凱。」
「是的。我和父親一樣，都覺得無比榮幸。」
聽了凱的話，羅威爾的表情顯得有些複雜，而艾倫倒是很開心。畢竟這份關係只要持續下去，羅威爾總有一天一定會認同凱。
這裡的餐點和宅邸的相比，肉料理偏多。
尤其去取餐的人是騎士科的學生——凱，那裡的人大概以為他會吃很多，因此給的分量也多。
「爸爸，這樣實在是吃不完……」
「嗯～凱、凡，你們可以多吃幾道嗎？」
「好的。」

穆斯可看艾倫和羅威爾分食所剩不多餐點，訝異地睜大眼睛。

「羅威爾大人，這個量……」

見穆斯可愣在原地，羅威爾開口解釋：

「受到精靈界的影響，我的體質變了，變得不太需要吃東西。」

羅威爾若無其事地解釋，穆斯可大概是體認到羅威爾改變的地方不只頭髮和眼睛的顏色，因此潸然淚下。

「嗯……我也真是的，上了年紀之後就管不住眼淚了。」

「能和女兒像這樣一起用餐，我倒是覺得很開心。」

羅威爾送上一口食物給艾倫，艾倫張嘴吃掉，這樣的互動已經變成習慣了。

而且艾倫被羅威爾餵，也會反過來餵羅威爾。

兩人一邊笑著說好吃一邊用餐的光景觸動了穆斯可的心弦，讓他再度落淚，眉毛也往兩側彎成八字。

艾倫心想，這樣他會一直哭下去，急忙用叉子插了一塊肉，遞到穆斯可嘴邊。

「穆斯可叔叔，來，啊～！」

面對這不由分說的餵食，穆斯可在驚訝之餘，眼淚都停了。

艾倫將餵食當作安撫，然後繼續用餐。羅威爾看了，笑得雙肩直抖動。

凱似乎對艾倫的行動感到非常吃驚，整個人呆若木雞。凡雖然側眼看了他們一眼，卻馬

上繼續埋頭在自己的餐點中。

「穆斯可教官，我的女兒很厲害吧？」

見羅威爾開心地笑著，穆斯可也一邊動口咀嚼一邊笑著點頭。

*

同一時間，賈迪爾叫來在別間房間待機的王太子護衛——勒貝、佛格以及托魯克商討事情。

談話內容以艾倫的事和查證希爾交出的信件為主。上面寫著非常重大的報告內容，大到賈迪爾的頭腦和心情到現在還跟不上。

加上追查到這件事的人是自己的妹妹，雙方實力差距這麼明顯，賈迪爾實在無法掩飾自己受到的打擊。

能人盡其才是最好，而希爾的手腕總是讓賈迪爾感到吃驚。拉比西耶爾之所以疼愛希爾，也是因為這份優秀的能力。

可是，就算感嘆自己的不足，也於事無補。希爾已經好心勸諫自己橫衝直撞的行為，還把情報交給自己了。

就算希爾把報告交給賈迪爾，也不代表她就會對拉比西耶爾隻字不提。賈迪爾馬上轉換

思緒，認為這是他們兩人給予自己的試煉。

「抱歉，突然叫你們做這些，你們幫了大忙。開始報告吧。」

賈迪爾說完，三個人同時敬禮。

從希爾手上獲得情報後，賈迪爾馬上把三個護衛叫來。這三個人獲命，必須隨時待在賈迪爾身邊待命，就算在學院內也一樣。順帶一提，拉蘇耶爾也有三個護衛，希爾則有一個護衛。艾米爾不是國王的子嗣，所以沒有護衛。

賈迪爾對這三個人簡單說明了現狀，然後要他們去查探艾倫為何會和羅威爾一起來到學院。賈迪爾中午前都有課，所以無法行動。

三人當中，寡言的佛格留下來保護賈迪爾，其他兩人則走遍了學院。

「首先由屬下報告。」

賈迪爾點頭，同意由勒貝開始報告。

「我查了教職員之間的傳言。他們原本並不知道艾倫小姐的存在，知道的人只有輔佐學院長的親信還有幾名治療科的教職員，不過充其量只是八卦等級，所以幾乎所有人都很訝異。」

「治療科……」

對方的企圖實在有夠好懂，甚至可說明顯，賈迪爾頓時覺得頭痛。

換言之，現狀並不是艾倫對治療科有興趣，而是學院治療科的人們想得到艾倫的藥，當作研究的材料。

賈迪爾聽說過，學院長想拿藥來做研究，因此送了請願書給國王。

包含採買給宮廷治療師研究的分量，王室已經支付了一筆不小的錢給凡克萊福特家。就算闡明他們會用來治療和研究，艾倫還是限制了藥品的交易量，想買也買不到，所以國王才會持續駁回學院的要求。

賈迪爾更調查到，學院也曾經要求凡克萊福特家提供藥品，但凡克萊福特家以攜出領地的藥品都交由王室管理，不能交給領地以外的人為由拒絕了。

他們以貴族的身分賣面子給王室，其他人根本無權干涉，更別說學院長出身伯爵家系，凡克萊福特家卻是公爵家。

賈迪爾明白，既然如此他們也只能改變目標，但為什麼會想到要把艾倫叫來學院，這就是個謎了。

（如果是這樣，應該會盯上已經先入學的拉菲莉亞才對……）

不對，她也確實被盯上，然後被擄走了，賈迪爾記憶猶新，學院長不可能沒有掌握到這條情報。

或許他是判斷拉菲莉亞周邊戒備森嚴，所以才把目標轉移到艾倫身上。

但希爾說過，要他小心拉菲莉亞，這個判斷讓賈迪爾很是傷腦筋。

艾倫的名字並沒有登記在汀巴爾王國的貴族名冊上。不對，應該說拉比西耶爾明明嚴令

不得記載，為什麼學院長還會知道艾倫的存在？這也是個謎團。

（是羅威爾大人主動讓艾倫來學院……？不不不，絕對不可能。）

如果是這樣，當時就會和拉菲莉亞一起入學了。

不斷自問自答的賈迪爾開始感到沮喪，因為羅威爾根本不可能讓艾倫來到有好幾個被詛咒的王室成員就讀的學校，這一點他應該深切明白才對。

賈迪爾還剩下一年的學院生活。他想像艾倫入學的情景，不禁感到雀躍。但是，下一秒羅威爾那副可怕的笑容馬上特寫在腦海裡，讓他嚇得臉色發青。

「…………」

三個護衛默默看著專心思考、不發一語的賈迪爾。他的臉色一下子泛紅，下一瞬間又發青，實在很忙碌。

三人之中，只有勒貝看懂了賈迪爾的思緒，笑著說：

「想也知道，羅威爾大人不會讓艾倫小姐入學啦。」

「……唔！」

心思被看穿，賈迪爾整張臉刷紅。在他還想張嘴找藉口之前，勒貝搶先以輕佻的口氣說：「那我繼續報告嘍～」

「艾倫小姐之所以會來到學院，是因為學院長催促凡克萊福特家盡快辦理她的入學手續。」

「什麼？」

得知這一點，賈迪爾很是震驚。艾倫明明不在這個國家的貴族名單內，學院長卻催促他們要讓艾倫入學。

「不對，先慢著。為什麼學院長會知道艾倫的事？」

「艾倫小姐之前不是說過，自己的事遭人口耳相傳嗎？」

佛格為了確認，如此說道，但勒貝表示已經查清了這件事，繼續說：

「在凡克萊福特領，艾倫小姐的存在確實成為了傳言，不過外部鮮少有人真正看過艾倫小姐，所以傳言本身有不少加油添醋之處。其中甚至有人說，艾倫小姐是羅威爾大人的精靈。但也有一件傳言聲稱凡克萊福特家訂做了兩種尺寸的少女服飾。」

艾倫和拉菲莉亞明明同年，體格卻完全不同，這大概就是起因吧。

「……該說他們太不小心了嗎？」

「如果只在凡克萊福特領，那倒也還好，可是最新款的禮服都會向王都訂購，就算想隱瞞，還是會被看透吧。」

「不過決定性的關鍵是——學院長以研究為目的詢問了拉菲莉亞小姐關於藥品的事。在場的治療科教職員是這麼說的。」

「……不會吧？」

「您猜得沒錯，拉菲莉亞小姐當場說出艾倫小姐的事了。」

「拉菲莉亞……」

賈迪爾只能嘆氣。她在被綁架後，應該被索沃爾告誡了許多事，但看樣子是一點也沒聽進去。賈迪爾實在傻眼。

不過拉菲莉亞原本是平民，遇到長輩問話，她會覺得自己只能乖乖回答也是無可奈何。她和從小就受教育的人不同，對自家的公爵立場也只抱有模糊的認知。

學院長大概是想取得藥品，所以才會調查那些傳言，最後推測出這一切和艾倫有關係吧。也有可能是想利用羅威爾溺愛的女兒和他進行交涉。事實上，羅威爾現在就來到學院了。

「不對，等等。」

賈迪爾總覺得不太對勁。他還記憶猶新，因為艾倫的報復，他們嘗到了沉痛的教訓。她擁有連拉比西耶爾都比不上的手腕，學院長應該動不了她才對。

「艾倫是另有目的……？」

「殿下？」

「…………」

為了不妨礙認真思索的賈迪爾，三名護衛全都不敢出聲。

艾倫曾經警告賈迪爾，要他不准對家人下手。賈迪爾隨之想起希爾的話。

「拉菲莉亞被盯上了嗎……？」

「您說什麼？」

勒貝等人聽了賈迪爾的呢喃，全都面露驚愕。

「希爾說過，要我小心拉菲利亞。」

「希爾公主她……」

托魯克驚訝地說。不過，聽到這是希爾的吩咐，他似乎感到比較踏實。

「羅威爾大人不會同意艾倫進入學院，但艾倫還是來了。如果只是要拒絕入學，和陛下說一聲，請他施壓就行了。就算學院長不斷寄信實在很煩，羅威爾大人也可以親自來回絕。他應該會極力避免艾倫外出，為什麼現在她卻來了？」

「的確如此……」

如果是為了家人，艾倫會不擇手段。拉菲莉亞被綁架時也一樣，明知那是拉比西耶爾的計謀，她還是要求賈迪爾協助。

「就算艾倫想極力避免拜託王室協助，也不至於完全不選擇這條路。但如果她有不得不來到學院的理由呢……？」

賈迪爾總覺得他們只是把被催促入學這件事當成藉口，來到學院是別有目的。

非艾倫不可的事——然而，賈迪爾想不透那會是什麼。

「托魯克，你覺得呢？有查到什麼嗎？」

「屬下去確認過希爾公主提供的情報了。」

聽見托魯克的話，賈迪爾點了點頭。畢竟情報可能會有誤差，像這樣求證是很重要的，否則或許會被盲目相信的情報絆倒。

「情報無誤。學院長和親信有嫌疑，周遭還有其他國家的奸細。」

「是嗎……知道了。後續再拜託你們了。」

「遵命。」

學院長串通其他國家，企圖得到艾倫的藥，這是希爾提供的情報內容。如今，艾倫的藥已經一傳十、十傳百，周邊諸國也發出眾多求藥的聲音。

拉比西耶爾藉由讓艾倫透過王室提供藥品，避免這樣的交易直接經手凡克萊福特家。大概是有哪個國家唆使學院長這麼做吧。

學院長是代代管理學院的貝倫杜爾伯爵家的人。由於學院有留學制度，他國的奸細可以輕易入境，王室害怕事情會演變成這樣，所以在各種地方部署了王室的眼線。

本國的貴族串通他國，要是這種蔑視王室的行為被發現，接下來就等著被定罪了。

想到未來即將發生的騷動，賈迪爾眉間的皺紋越來越深。

（怎麼會這樣……）

瞧賈迪爾嘆氣，托魯克難以啟齒地開口：「殿下，其他還有……」

「什麼事？」

「貝倫杜爾家的……休姆少爺，他可能和這件事有關。」

休姆是之前賈迪爾他們微服前往凡克萊福特領時，一道同行的宮廷治療師。

他和賈迪爾同年，很有才華，雖然還是學院生，作為宮廷治療師卻已經相當活躍。

休姆．貝倫杜爾。賈迪爾知道他是學院長的側室帶來的養子，但還是藏不住驚訝之情。

「難道從那時候就開始了……？」

休姆之所以會一同前往凡克萊福特領，或許是為了確認艾倫的存在。賈迪爾一想到這點，怒氣頓時表露無遺，卻又突然浮現一道疑問，歪頭說道：

「不對，如果是這樣，那為什麼把艾倫的事告訴學院長的人會是拉菲莉亞……？」

如果去過現場的人是自己的親人，應該會先問他吧？

（就算是這樣，休姆應該還是知道什麼內幕。）

賈迪爾的心思似乎傳達給在場的三個人了，他們同時點頭。

「我們也查查休姆少爺的交友圈吧。」

賈迪爾是最應該第一個察覺事態如此的人，但他什麼都沒發現，悠悠哉哉地過日子，他對這樣的自己感到可恥。

「如果還知道什麼，再麻煩你們告訴我。另外……希望你們小心別被艾倫察覺。」

「……殿下？」

護衛們一臉驚訝。他們的眼神彷彿在訴說賈迪爾這個要求很稀奇，令他無地自容。

他們三個人都知道賈迪爾得知艾倫來到學院後，就一直坐立難安。

因此，他們以為賈迪爾會立刻把這個情報告訴艾倫，甚至開口詢問：「真的要這樣做嗎？」

「她正在用自己的方式行動，雖然我還不知道她想做什麼……總之學院長的企圖必須由王室阻止，王室的威信不能再往下掉了。」

「您真了不起。」

他們三人從賈迪爾小時候就隨侍在側。看見善良的賈迪爾在逆境中成長，讓他們感到非常自豪。

「畢竟不能再讓艾倫小姐看到不堪入目的一面了嘛。」

因為勒貝這句話，賈迪爾抖動雙肩，三人見狀，歪著頭發出「哎呀？」的聲音。

「……您和她之間有什麼對吧？」

「沒有！完全沒有！真的什麼都沒有喔！」

見主人這麼不會說謊，他們三人嘆了口氣，紛紛以「一定有鬼」的眼神看著賈迪爾。賈迪爾如坐針氈，硬是結束了話題。

隨後，賈迪爾想起希爾那句「噁心」，再度開始沮喪。

（我一定要小心，不能繼續在艾倫身邊打轉，讓她有這種想法……）

然而，羅威爾他們的消息在那之後一一傳來，又讓賈迪爾煩惱了好一段時間。

第十三話　精靈的恩惠

下午的課程是在訓練場進行，由羅威爾指導戰鬥訓練。

其他科的人聽到這個消息，全都跑過來參觀，連教師也混在學生當中，雙眼發出期待的光輝。羅威爾看了只能嘆氣。

為了避免妨礙羅威爾，艾倫和凡待在遠處看著羅威爾以及負責從旁協助他的凱。

「爸爸好受歡迎喔～」

「吾也很驚訝。真不愧是公主殿下的父親！」

親人是個萬人迷，這是令人感到驕傲的事。羅威爾已經半精靈化，所以不用呼喚奧莉珍，也可以獨自使用魔法。

能看到英雄實際使用精靈魔法，周遭都發出熱烈期待的聲音。羅威爾平常都是低調使用魔法，但這次不知道是已經放棄還是想要帥給艾倫看，他使用得非常高調。

羅威爾的能力是「結界」，乍看之下是防禦，但其實有很多種應用方式。除了能在劍上施加結界強化外，還可以間接使用奧莉珍的能力，孕育出各種不同的屬性。

只要揮劍，就會產生衝擊波。只要用力往下砍，甚至能將地面切開。

人們的歡呼完全不輸爆炸聲，響徹學院各個角落。

許多人受到聲音吸引，紛紛聚集過來，想知道發生什麼事。凡見狀，表示這裡很危險，就這麼抱著艾倫飛上能避人耳目的空中，然後從天空看著羅威爾。

所有人看了羅威爾實際演練後，知道原來成了精靈魔法使就能做到這種事，眼裡都閃著光輝。但是，普通的精靈魔法使根本做不到這種事。艾倫見羅威爾如此壞心眼，不禁苦笑。

「對了，公主殿下……您聽羅威爾大人提過了嗎？」

「提過什麼？」

「啊，不……非常抱歉，沒什麼。」

「……？」

「凡？」

艾倫眨了眨眼，心想著到底怎麼了，凡卻一臉為難的樣子。

「…………」

凡的模樣和平常不同。

他們兩人之間明明一直無話不談，現在凡卻因為知道羅威爾尚未說明而閉口不提。

一股沉重的空氣就這麼籠罩在兩人之間。不過艾倫也大概察覺了，凡是不知道能否先說出羅威爾還沒說的事情，才會有這種反應。

「這件事需要爸爸作主是嗎？」

「是……是的！吾想應該是……」

「我知道了。」

「……公主殿下，吾很抱歉。」

「不會，沒關係。」

艾倫笑著回答凡，但凡還是覺得內疚。

看他那個樣子，艾倫不禁升起一股不安。她第一次見凡露出這種表情。

她盡可能表現出不在意的樣子，將視線挪回前方。察覺身邊的人有煩惱確實很重要，但也不能一直盯著人家看。

不過如果凡真的在煩惱些什麼，艾倫還是希望他能說出來。這種想法在她心中盤旋。

為了轉移注意力，艾倫重新看向羅威爾。打從一開始就是羅威爾一枝獨秀的訓練風景，讓艾倫想起以前他們和僕人們在凡克萊福特家宅邸玩的捉迷藏，忍不住苦笑。

當時羅威爾也是一邊笑，一邊追逐僕人。那副模樣也算是一種驚悚電影了吧。

（對了，我們還沒好好談過要調查的事……會是這件事嗎？）

艾倫覺得凡看起來很像在鑽牛角尖。

他似乎有去找羅威爾商量，現在卻不告訴自己，這讓艾倫很是落寞。

（這種事明明很正常，可是因為平常大家都會一起商量，我就……）

艾倫發現自己太過依賴他人的好意了，開始反省。

而且她很了解羅威爾他們，他們之後一定會告訴她。艾倫發現自己又開始糾結，再度開始反省。

她把不能思考的事逐出腦海，繼續專心看著羅威爾。

（不行不行，我之後還要調查建築物啊……）

雖說要調查學院，但艾倫到現在還是完全沒有頭緒。艾倫重振精神，告訴自己要繃緊神經趕快查。

這堂課結束後，她必須和羅威爾一起商討作戰計畫。艾倫一邊遠望羅威爾的個人秀，一邊想著今後的方針。

現在似乎進入了短暫的休息時間，羅威爾正左顧右盼地尋找艾倫他們。接下來要舉行的，似乎是羅威爾一對多的模擬戰。要是一直待在空中，或許會太過招搖，進而引發騷動。

換個地方吧——凡說完後，轉移到一個可以站的地方。

騎士科和精靈魔法科共有的練習場就像羅馬競技場一樣，是個圓形的場地，外圍設有兩階觀眾席。那裡放著椅子，凡帶著艾倫來到最角落的地方，讓她坐下。

「人數那麼多……不會有事吧？」

艾倫不安地說。為了讓她放心，凡鼓勵她說：「羅威爾大人不會有問題的。」

「啊，不是啦，是爸爸的對手們……」

聽見艾倫這句話，凡啞口無言。他打從心底感到不可思議地問：「對人類有必要客氣嗎？」這讓艾倫更不安了。

他們將目光移回練習場，現在是羅威爾一人對上十幾個人。當艾倫訝異人數差距如此懸殊時，現場的狀況讓她想起剛才說過的——羅威爾的別名。

只見羅威爾笑得不寒而慄，開心地揮舞手上的劍。

羅威爾的劍已經施加了魔法，能夠一口氣掀起狂風。對手禁不住強風的吹拂，全都站不穩腳步，就這麼被吹走。

然而羅威爾不會讓他們就此逃過一劫。他運用風之魔法製造順風，一一將對手壓制在地。

對手轉眼間就無計可施，被壓在地上。隨著人數遞減，他們的恐懼也跟著加劇，而羅威爾只是持續笑著，簡直就是在對他們的恐懼窮追猛打。

「這就是所謂掌管死亡的微笑騎士吧。爸爸好像樂在其中呢。」

「真是……可怕……」

凡看得渾身發抖，尾巴和耳朵都露出來了。眼尖的艾倫可不會放過。

雖說不是每隻貓都愛逗貓棒，但艾倫就是愛尾巴。獎勵時間到。

「嘿～！」

「嗚哇啊！公主殿下！」

艾倫捉住凡的尾巴不斷磨蹭，惹得凡紅著臉吐出嘆息。

「唔唔唔……只要一鬆懈，就會馬上露出破綻，吾也要更努力才行了。」

「咦～？」

凡抖了抖從頭上冒出的圓耳朵後，耳朵和尾巴便迅速消失。

獎勵消失，艾倫不禁陷入失落。凡看了，急忙解釋是因為羅威爾警告過他。

「他說在人界露出真面目會很麻煩。」

「啊，也對呢。對不起，我不該這麼做的。」

但實在是有點可惜，艾倫忍不住看向冒出耳朵的地方。凡注意到這件事，允諾艾倫「只要沒人了就沒關係」。

艾倫平時都能盡情觸摸那身毛髮，因此她對凡的體貼感到很開心，笑著向他道謝。

兩人總算回到往常的互動，艾倫鬆了一口氣。

就在這個時候，練習場歡聲雷動。看來羅威爾已經開完無雙了。

「啊，爸爸結束了吧。」

剛才都和凡在嬉鬧，所以沒看見。艾倫覺得沒差，心想那也無所謂，便跟著凡一起來到羅威爾身邊，瞬間獨占周遭的目光。

「爸爸，辛苦你了！」

「艾倫，妳有看到嗎？爸爸很帥吧？」

「啊，對不起，我沒看到。」

艾倫滿不在乎地回道，深受打擊的羅威爾就這麼被擊沉。

剛才明明秀出了無雙技術，現在卻因為女兒一句話就被擊倒，這讓周遭的人很是驚訝。不過，在一旁的穆斯可卻是哈哈大笑。

「父母就是贏不了小孩。」

「就是啊……我完全不覺得自己贏得了。」

羅威爾這道打從心底認真闡述的聲音惹來眾人哄堂大笑。

羅威爾抱起艾倫，決定和穆斯可一起回他的辦公室。途中，艾倫悄聲誇讚羅威爾：「爸爸剛才很帥喔！」羅威爾聽了，理所當然開始傻笑。看到羅威爾那張滿足的表情，穆斯可也跟著笑了。

由於下午的課程已經結束，學生們接下來可以自由活動。學院沒有類似社團的機制，聽說學生們都會各自埋頭訓練。

「學生們搞不好會聚過來，還是快點移動吧。」

「好的，爸爸。」

凱和凡也跟上腳步移動。這時候，他們發現有人躡手躡腳地跟著他們。

「受不了，沒辦法了。艾倫，可以麻煩妳嗎？」

「好的，那我負責帶凱。」

艾倫從羅威爾手上一躍而下，牽起凱的手。

「公主殿下！這小子由吾負責！」

凡主張不能勞煩公主殿下。艾倫雖然有些吃驚，還是說了一句「那就麻煩你了」，把凱交給凡。凱也搞不懂是怎麼一回事。

「到穆斯可教官的辦公室。凡，交給你了。」

「遵命。」

「來吧，穆斯可教官。」

「要……要幹嘛？」

羅威爾抓住驚恐的穆斯可教官的肩膀，同時握著艾倫的手，就這麼進行轉移。

緊接著下一秒，凡和凱也跟著轉移。

跟在後頭的學生們看見走廊沒了人煙，全驚訝地瞪大了眼睛，開始四處尋找。

一瞬間就回到自己的辦公室，穆斯可訝異地看著四周。

「難道說……這是傳說中的轉移嗎！」

轉移這個魔法是只有和大精靈締結契約的人才會獲得的恩惠。

首次體驗的穆斯可就像回到孩提時代一樣，他興奮地叫著：「這樣好方便！」

羅威爾從學生時代開始，為了逃離艾齊兒，在日常生活中就頻繁使用這個魔法，周遭人都以羨慕的眼光看他。

順帶一提，所有精靈都能夠轉移。不過，要讓締結契約的人也蒙受這樣的恩惠，就必須達到大精靈以上的等級，否則力量會不足。

凡雖然才剛升格大精靈，卻有著讓凱跟著轉移的紮實能力。

凡和凱一轉移過來，就把凱往地上丟。

「哇啊啊！」

在地上滾了好幾圈的凱一時之間還不知道發生了什麼事。

「你……你還好嗎，凱？」

「唔，抱歉了，小子。」

凡似乎還無法順利操控力量，凱想氣也氣不了，只好不滿地瞇起眼睛看凡，不發一語地用眼神抗議。

「唔……小子，你想幹嘛？想幹架嗎？」

凱和凡之間迸出火花。艾倫慌慌張張地介入兩人之間。

「討厭～！你們兩個都不乖！」

在艾倫告誡他們不能在這裡吵架後，他們兩人看向艾倫身後，不知為何都鐵青著一張臉點了點頭。

艾倫一臉困惑地回過頭，只見羅威爾直衝著她笑。

「艾倫，別管他們兩個人了，來這邊。」

羅威爾拉著艾倫的手，將她引導到自己的腿上。

艾倫和吃午餐時一樣，面對穆斯可，和羅威爾一起坐在沙發上。不過在羅威爾和穆斯可談話之際，艾倫實在太過在意凡和凱，於是偷偷往他們那裡看。

雙方都在反省，但只要稍微對上眼，依舊會迸出火花。

才剛以為他們的感情稍微變好了，現在卻是這個樣子，艾倫實在想不透。

她很擔心，凡和凱現在這種狀態真的沒問題嗎？

在羅威爾和穆斯可沉浸於累積了多年的談話時，羅威爾以念話對凡下令，要他帶著凱去調查學院裡可疑的地方。

凡悄悄傳達給凱後，兩人就這麼離開了辦公室。一來到走廊，雙方之間再度冒出火花。

艾倫有察覺到羅威爾利用念話對凡下了某種指令。

她卻因為過於在意凡剛才的態度，一句話也說不出來。

＊

起。

凡和凱來到走廊，一動也不動地斜眼看著對方。視線對上的瞬間，兩人的眉頭雙雙皺起。

「…………」

「…………」

他們默不吭聲地互瞪，最後，凡突然別開視線。

接著，他身邊忽然捲起一陣風。凡的頭髮在風的吹拂下輕柔地擺動。凡閉上眼睛，似乎正在集中精神。看來他正在施展某種魔法。

凱一邊默默地看著，一邊想起羅威爾上午的授課內容。

『有資質的人，幾乎都在十歲前就自然締結了契約。』

英雄羅威爾也在七歲時訂下契約，這份恩惠來自精靈的心血來潮。就算自己迫切希望，一切主導權還是在精靈身上。

（大精靈明明就在眼前……）

別說被他看上眼了，他們根本水火不容。照理來說，在大精靈面前應該要表現出敬意，但凱一想到他和艾倫的關係，就無法控制自己不去嫉妒。

據艾伯特所說，艾倫是艾伯特的救命恩人，凱一直夢想著要奉這樣的人為主人。

當凱實際見到艾倫，在他看見她的第一眼，艾倫就成了凱的憧憬。同時，凱更希望她能成為自己的主人。

他知道自己尚未受到羅威爾和凡的認可。因為父親過去的行為，信任分數別說是零了，根本就是負分。就算人家給了口頭約定又把他晾在一邊，他也不能有怨言。但是，艾倫對這種氣氛很敏銳，所以會去顧及凱。

接觸了這樣的溫柔，凱無法不產生期待。儘管他打從心底想守護這個人，艾倫的周遭卻已經跟著可說是完美的人守護她了。

這個國家的英雄，還有凡這個大精靈。

渺小人類的小孩子根本不可能派上什麼用場，他深知這個道理。

之前凡所說的話在凱的內心留下了傷。

『是根本只有不滿。一個小鬼能有什麼作為？羅威爾大人不也沒有接受你嗎？』

沒錯。他不被人認可，什麼都辦不到，弱小無力。證據就是──當拉菲莉亞被綁時，他什麼事都辦不到。

凱因懊悔握緊了拳頭。握拳的力氣大到發出了聲響，凡因此抬起頭來。

「……幹嘛？」

「……什麼意思？」

「要是有什麼不滿就快說。」

「咦？」

聽見凡的這句話，凱眨了眨眼。他明明什麼都沒說，也不覺得自己有釋出那種態度。

「我掌管著風，剛才正聽著傳遞消息的『風聲』……但你心臟的聲音和握拳的聲音讓我很不舒服。」

「咦……？」

當凱聽到「心臟的聲音」，心跳不禁漏了拍。

「公主殿下說過，這個叫做心理學。你身上現在發出了不滿的聲音。」

知道自己被凡看透，凱的心臟激烈跳動。這就跟被敵人知道不該知道的事情後覺得焦慮的心情一樣。

「到底是怎樣？你想說什麼？」

「………」

自己想說什麼呢？

當凱如此自問自答的瞬間，他突然想通了。他察覺了一件事，他害怕在即將到來的資質檢測中被評斷為沒有資格。

最有力的事實就是──大精靈明明就在眼前，卻沒有發生羅威爾說的心血來潮。

艾倫的敵人有著無法衡量的強悍，她現在已經能以精靈的身分，以凡克萊福特家的身分與這個國家的王族對峙。

見識到羅威爾的力量之後，凱的內心隨即升起一股不安──如果沒有那麼強悍的力量，是否就不能守護艾倫了？

「你……」

「啊？」

「你以後會和別人締結契約嗎？」

說完，凡一臉吃驚地張大雙眼，凱見狀不禁愣在原地。

（不會吧……）

學院有很多人，有即將接受資質檢測的十四歲學生在。檢測完畢後，馬上就能舉行契約儀式。

難道凡已經在資質檢查前就找到契約對象了嗎？

「……你聽羅威爾大人說了嗎？」

凡這尷尬的回答，讓凱受到了些許打擊。

要是今後出現了和凡締結契約的外人，艾倫的護衛工作可能就會交給那個人，那他是不是就會被捨棄了呢？凱的思緒就這樣向著不好的結果走去。

「不，羅威爾大人什麼都沒告訴我。」

凱瞪著凡說出這句話。這樣的態度讓凡很是混亂。

明明沒聽說內情，態度卻這麼不滿，凡實在百思不得其解。

「你到底想怎樣啊？」

「……你就這麼想把我趕走嗎？」

「啥……？」

「我絕對會讓你承認我的！」

凱也不太懂自己在說些什麼，但就算以後有個新來的人和凡締結契約，並擔任護衛，他也絕對不會讓出現在的位置。在他心中，只有這份心情不斷膨脹。

面對這突如其來的宣言，凡不斷眨眼。

隨後，他發現凱剛才充斥在周遭的不滿聲音已經驟然停止，凱也感覺到自己接納了剛才在腦中思索的那番話，痛快了許多。

這時，凡想起自己不經意向艾倫商量時她說的那句話。她說，凱是個會為了獲得認可而努力的人。

（公主殿下……吾實在搞不懂那什麼心理學啦……）

凡一邊嘆氣，一邊嘟囔：「真是個麻煩的小子。」然後繼續作業。

＊

拉菲莉亞整個上午都在聽學院長碎唸。她匆匆忙忙吃完午餐，只想追上伯父等人，卻不知道他們的行蹤。

不過，她有聽見騎士科學生們在學生餐廳大肆宣揚英雄造訪了他們的教室一事。拉菲莉亞因為這道消息豎起耳朵，她的背後隨即傳來一道「哎呀哎呀」的得意聲調。

「居然對男人聊的八卦在意得不得了，還真是不檢點呀。」

這名不斷竊笑的人正是王族艾米爾。

或許因為她是王族，雙方明明同年，艾米爾卻顯得更有威嚴。不過，大部分的人都不想和她扯上關係，因此對她敬而遠之。當然，此刻所有人都從艾米爾和拉菲莉亞身邊散去了。

艾米爾不愧是王族，身邊跟著三個跟班。她們都是同為淑女科的女孩子，都瞧不起拉菲莉亞。

拉菲莉亞剛開始還不懂為何才剛認識就會被討厭，但當她知道那些人是艾米爾的跟班後，便也一同視為敵人了。

艾米爾因為特殊的出身，容易遭到孤立，所以賈迪爾和拉蘇耶爾這兩個堂兄很照顧她。這三個同班同學就是看準了這份恩惠才會接近艾米爾，企圖榨乾她身上的好處。

就是這點令拉菲莉亞看不慣。每當她和賈迪爾他們聊天，艾米爾和這些跟班們就會跑來妨礙，然後藉機嘲笑她。

她多想大聲說出「艾米爾之所以會被孤立全是因為大家討厭她這種盛氣凌人的態度」啊。

「哎呀，因為他們在談伯父的事，我身為親人，只是覺得好奇而已。」

拉菲莉亞特別強調了「伯父」和「親人」兩個單字。

那些談論著英雄的男孩子們聞言，紛紛來到拉菲莉亞身邊，確認她是不是英雄的親人。

「沒有錯。我想見見伯父，你們知道他去哪裡了嗎？」

男孩子們聽完，眼睛都亮了。

「難道妳是凡克萊福特家的人？」

「對啦，所以快……」

拉菲莉亞本想催促他們快說，卻因為男生們的態度驟變而嚇了一跳。

「我問妳我問妳！聽說那個女生是英雄的女兒，這是真的嗎！她長得好可愛！介紹給我認識吧！」

男孩們圍著拉菲莉亞，直喊著「我也要」。拉菲莉亞過於驚訝，整個人僵在原地不動。

「你……你們都等一下啦！我才不想管艾倫！快把伯父的下落……」

「那個女生叫艾倫嗎！艾倫好可愛！」

根本沒人願意聽拉菲莉亞說話，這讓她感到啞口無言。這時候，一道瞧不起她的笑聲從背後傳來。

「妳活該啦。」

艾米爾這句話讓拉菲莉亞一陣惱火。當她回過頭，想反駁個一兩句話時，她看見學生餐廳的僕人專用出入口，有個之前見過的男人出現了。

「凱！等一下！」

凱因為拉菲莉亞出聲制止而突兀地停下腳步，往她的方向看去。

「請問有什麼事嗎？」

「我說你，你是艾倫的護衛吧，伯父人在哪裡？」

「……」

「喂，沒聽到我在問你話嗎？」

「非常抱歉，但我並未得到主人許可，不能告訴您。」

「什麼！你說什麼鬼話啊？你不是我家的傭人嗎！」

拉菲莉亞說完，周遭瞬間鴉雀無聲。

凱是騎士科的學生，父子兩代都是凡克萊福特家的家臣，負責擔任護衛。

他的階級和傭人根本不同。身為凡克萊福特家的女兒，卻不了解這件事，還做出這樣的發言，所有人都愣在了原地。

她這樣的說法已經傷及身為家臣的尊嚴，就算對方因此對她感到心寒也完全不奇怪。

「請恕我多嘴，我的主人是艾倫小姐，還有她的父親羅威爾大人。他們和當家索沃爾大人之間保有一條明確的界線，所以我並不是您的傭人。」

凱直言不諱，讓拉菲莉亞瞪大了眼睛。

「失陪了。」

學生餐廳的員工正在呼喚凱。凱從他手中拿了餐點，走進僕人專用的出入口，拉菲莉亞

身為貴族，不可能追上去。

拉菲莉亞怒不可遏，在她身後的艾米爾則以所有人都聽得見的音量說：

「妳真是爛透了。」

拉菲莉亞皺起眉頭，一時之間還不懂那是什麼意思。不過，她馬上發現眾人看她的眼光瞬間變了調。

直到剛才為止還圍在拉菲莉亞身邊的男孩們，現在在遠處看著她，並竊竊私語。

她知道自己闖禍了，卻不懂這是怎麼一回事。

「這個人出身平民，所以不懂貴族的立場啦，真是抱歉。」

艾米爾代表貴族向騎士科的學生道歉。

男孩們傻眼地看著拉菲莉亞，嘴裡嘟囔：「明明是平民出身，居然不懂啊……」

「那……那個……」

就在拉菲莉亞想說些什麼的時候，周圍的人們都往後退了一步，和她保持距離。

簡直像在用全身表示「不想和她扯上關係」一樣。

拉菲莉亞覺得無地自容，就這麼離開學生餐廳，艾米爾還在後頭窮追猛打，說淑女用跑的，真是不檢點。

之後，拉菲莉亞也沒興致找伯父去了哪裡，乖乖上了下午的課程。

然而消息已經傳開，她身邊的人都竊竊私語地談論著她。

（到底是怎樣啊！）

正當她的焦慮不斷往上攀升時，一陣騷動傳來，說英雄正在和騎士科的學生舉行模擬戰。

「不會吧！為什麼會在騎士塔啦～～！」

同年級的女生們開始躁動。騎士科和淑女科的高塔之間隔著中央高塔的前庭，距離非常遠，淑女科更是男賓止步。

（慢著。仔細想想，既然伯父在那裡，不就代表艾倫也在嗎！）

艾倫讓拉菲莉亞感到很焦躁。

她決定，等這堂課結束，一定要卯足全力闖入騎士塔。沒想到，隨後她卻聽聞他們在學生止步的建築物中。拉菲莉亞實在沮喪。

*

羅威爾和穆斯可的談話結束後，他們四個人會合，決定要探索騎士塔，艾倫於是請凱帶路。艾倫早就看準了塔內的幾個點，他們一邊對照從學院長那邊拿到的平面圖，一邊朝有問題的地方前進。

途中，他們和幾個學院生擦肩而過，其中有凱的熟人，也有打算叫住他的人，但凱只是默默行禮，並未開口。

對方察覺是怎麼一回事，也慌慌張張地行了無言之禮。見他們宛如軍隊行禮，艾倫不禁佩服。羅威爾察覺艾倫的心思，笑著開口：

「覺得很稀奇？」

「咦？」

「爸爸以為妳在看建築物，沒想到難得會對人感興趣。」

「啊，對……」

如果這是學校的規範，艾倫就不會特別產生興趣了。那種騎士科特有的招呼回覆方式讓她覺得很稀奇，因而不斷偷看。

剛開始出現在教室的時候，因為有教官在，艾倫還以為那種宛如軍隊的打招呼方式是課堂才有的表現。但現在已經是自由時間了，卻依舊做得這麼徹底，這讓艾倫有些驚訝。

凡克來福特家是騎士家系，不過艾倫只會接觸最基本的人物，所以這樣的互動在她眼裡看來顯得很奇特。

當學生們慌慌張張地回禮，羅威爾也責備他們還不夠沉著。照理來說，從遠方看見身分地位較高的人時，必須迅速退到走道邊立正站好，在對方經過時低頭致意。

（真的好厲害喔……）

艾倫聽了說明還是很驚訝。她很佩服，原來這些人從小就受到這麼徹底的教育。

其實原本該由凱來說明騎士科的細節，但羅威爾總是想趁機表現，一臉得意地說明，這一定是想讓艾倫看見他帥氣的模樣吧。即使工作被搶走，凱也完全不介意，只有在羅威爾問他現在的做法時才會開口回答。

「對了，精靈界也有類似軍隊的組織嗎？」

距離目的地還有一段路，艾倫打算利用這段路程詢問她好奇的問題。

「有喔。聽羅威爾大人剛才所說的話，吾等雙方的機制差不多。」

凡這句話讓艾倫感到吃驚。她一直住在精靈界，覺得大多數精靈都很沉著，不認為世上存在著需要精靈訴諸武力解決的敵人。

凡察覺艾倫的疑問，輕笑一聲後開始解釋：

「人界的騎士，在精靈界應該就是靈牙吧。」

「靈牙？」

「意思就是精靈的利牙。」

精靈大多是執掌自然界的存在，力量好比自然災害的規模。他們偶爾會不顧後果大鬧，引發大規模災害。

此外，精靈的本能和動物很像。誕生在新的土地上的精靈們，會彼此爭搶地盤。

有些精靈和人類一樣，會戀愛然後結婚，有些精靈則會遵循高階精靈們的意見，替孩子

籌備相親。不過，如果雙方都是大精靈，就免不了頻繁發生災害規模的夫妻爭吵。

靈牙的任務就是——看情況和這種有引發災害疑慮的大精靈們戰鬥，有時還要介入調停，負責讓他們冷靜下來。

（爸爸和媽媽的確也……）

羅威爾和奧莉珍玩起鬼抓人，結果導致精靈城半毀——這類事情層出不窮。這種時候，艾倫就會以一張魔鬼的面孔要他們跪坐，然後猛戳他們發麻的腳當作攻擊。

每當艾倫用手戳雙親的腳，羅威爾和奧莉珍總會叫得呼天搶地。這光景乍看之下並沒有多慘烈，但艾倫只用手指戳就讓人發出哀號，這不斷刺激著精靈們的想像，讓他們混亂不已、退避三舍。

不過精靈是一種在日常生活中就常態性渴望娛樂的存在。他們逐漸對這件事產生興趣，在有樣學樣中體會到了跪坐的可怕。

在知道跪坐有多可怕的精靈們之間，都傳著要是惹火艾倫，就會被迫嘗到讓女王他們哀號連連的跪坐，因此對艾倫極為恐懼，但本人卻不知情。

因為有艾倫在，才不用派靈牙出面。這件事不只艾倫，就連羅威爾他們都不知道。

「靈牙是由好戰的族群組成……調停也大多是以武力解決。」

精靈的感情起伏很極端，一旦發怒了，就只能等他們平息。如果要利用強硬的方式阻止，不是訴諸武力就只能封印。

「凡的母親是總長喔。」

羅威爾從旁補充。艾倫完全不知道這件事，發出「咦～！」的驚訝叫聲。

察覺自己不小心發出大叫，艾倫急忙用雙手摀住嘴巴。她小心翼翼看著周遭，只見騎士科的學生們都被艾倫那道叫聲嚇到，紛紛看向艾倫他們，嘴裡還不停問著：「怎麼了？」塔中央是中空式的螺旋階梯，其他樓層也都聽見艾倫的叫聲了。

「對……對不起……」

「艾倫真是個冒失鬼。」

羅威爾摸摸艾倫的頭安撫她。

「爸爸和媽媽想說對妳來說還太早了，所以才沒有讓妳們見面。凡的母親倒是一直吵著要和妳見面就是了。」

羅威爾聳肩說道，艾倫這才發現，她還沒見過凡的母親。艾倫馬上請求凡，說想見見他的母親，凡也和艾倫約好，等這件事情結束，會帶著他的母親去見艾倫。

「哇～！不知道她是什麼樣的人耶！」

艾倫的好奇心停不下。她這才想到，敏特和凡長得並不像，仔細一問，才知道凡長得像母親。

艾倫聽了，雙眼發亮，心想：「該不會是指尾巴、耳朵、肉球吧……！」凡察覺艾倫的心思，不禁嘟起嘴巴。

「吾都知道公主殿下在想什麼喔……您都有吾的毛茸茸和肉球了，難道還不夠嗎……」

「咦！你怎麼知道！」

艾倫下意識壓住自己的臉頰，不懂凡為什麼會明白自己的思緒，卻因此被凡發現他說對了。

走在旁邊的凱也有些興奮。他悄聲呢喃：「還有更厲害的肉球嗎……？」卻沒有人發現。

凡大受打擊，艾倫則慌了手腳，但他們馬上發現自己十分引人側目，急忙換了個地方。一旦開始喧囂，就會引人注目。正當艾倫反省著自己搞砸了時，她發現擦身而過的學生們都在偷偷笑她。

（……？）

艾倫覺得在意，試著使用凡教她的「風聲」魔法。以艾倫的情況來說，與其說是操縱風，其實更像操縱頻率，達到類似收音機那樣的收音效果。

『她穿著學院的制服，可是好小隻喔～』

『如果是學院年齡的低標，她有十二歲？而且還牽著父親的手。』

『因為太小隻，不牽手會迷路吧？』

他們笑著說：「原來如此。」艾倫察覺這件事，覺得實在很丟臉。

想想也是。所有就讀這所學院的學生都一樣，已經離開父母生活了。艾倫太習慣有羅威爾他們陪在身邊，完全沒想到這件事。

艾倫在不知不覺中稍微鬆開羅威爾的手。當她試著輕輕鬆手時，卻被羅威爾發現。他立刻緊緊反握艾倫的手，彷彿在問她：「怎麼啦？」

艾倫因為那紮實的力道回過神來。羅威爾很擔心艾倫，因此時時刻刻都小心著不放手。她也知道這是因為自己只要一提到城堡，就會毫無節制橫衝直撞的關係。可是，一旦開始在意，便會想著「只要牽手就會被笑」，讓她冷靜不下來。

「怎麼啦，艾倫？」

「咦？……不，沒什麼。」

艾倫下意識地說出自己在想事情，羅威爾聽了則說：「不可以在上樓梯的時候想事情喔。」接著再度溫柔地握住艾倫的手。

以前感到不安的時候，這隻手的暖意總會給她一股踏實和安心，可是現在卻變成了不一樣的感覺，那讓艾倫覺得很不舒服。

一行人抵達目的地，也就是塔的最上層。來到視野開闊的地方，艾倫回過神來。她剛才差點忘記來到學院原本的目的，現在馬上切換了思緒。

各學科的高塔在內側和外側都有圓環狀的螺旋階梯，教室呈現出彷彿柑橘類橫切後的切面般的構造。騎士塔最上層是一片開闊的場所，整片牆壁羅列著書籍。艾倫沒想到騎士塔最

上層竟是一個像圖書館一樣的地方，不禁覺得驚訝。

中央擺著一尊騎士像，地上放著可以坐的石製長椅，能讓人在這裡閱讀周圍的書籍。

「聽說這裡以前是騎士會議室，現在放著記錄過去戰法、戰術的抄本，也就是所謂的自修室……不過很少有人會來使用。」

凱苦笑，惹得艾倫也跟著笑了。對騎士科的學生而言，身體就是資本，他們更傾向外出訓練。換句話說，這裡現在沒人，這樣正好。

騎士塔的一樓有三個寬敞的教室，雨天時可以用來當成訓練場。三個教室合起來看，就跟輻射能標誌一模一樣。艾倫在觀察平面圖時忍不住說出了這個名詞，實在像到讓人發笑。

（原來一樓是訓練場啊～）

構造非常特殊，實在有趣。此外，當她詢問為什麼最上層是放書籍的地方，得到的答案竟是「因為使用的人最少」。

（意思是要移動很麻煩……？）

或許大家都不想要上下樓梯跑來跑去吧。不管在哪個世界，人類都會選擇輕鬆的路走。

艾倫走近放在中央的騎士人像。

根據平面圖，每座塔都有兩個地方令人在意。位在中央的這個騎士人像就放在中央的螺旋階梯正上方。

（果然……這到底是什麼氣息……）

雖然只有一點點，騎士人像卻散發出了大精靈的氣息，和艾倫在中央塔首次感覺到的氣息一樣。學院到處都能感受到這股氣息，到底是怎麼一回事呢？

艾倫仔細地觀察騎士人像。那看起來就是一尊沒有醒目特徵的平凡石像，但艾倫總覺得其中有某種機關。

感覺不只是平凡的石像，而是像噴水池那樣做了某種機關。

（……噴水池？）

似乎有哪裡不對勁。艾倫不禁睜大雙眼，仔細確認石像上有沒有噴水用的孔洞。艾倫不斷在石像旁繞來繞去，詳細地調查有沒有什麼動過手腳的痕跡。

然而最後並沒有發現任何痕跡。

羅威爾見艾倫露出不滿的表情，隨即知道她沒有任何收穫，提議可以去別的地方看看。

「還有一個可能的地方，就是騎士塔入口的那個石板附近……」

「嗯～……可是那裡有很多人耶。我們有經過一次，那時候妳有發現什麼嗎？」

「沒有。乍看之下，感覺和這裡差不多……」

艾倫表示已經沒有更多收穫了，就這麼陷入沮喪。現在是學院生會四處亂晃的時間，不管怎麼說，都無法行動。於是，羅威爾宣布今天就先到此為止，中斷了調查。

第十四話　學院長的兒子

艾倫和羅威爾一起被帶到住宿的地方，他們這才知道，那棟建築物是教職員臨時過夜的場所，學生禁止進入。凱雖是學院生，卻是艾倫的護衛，因為有這個名目，他也獲准進入。

他們被帶到房間內，那裡是宛如飯店套房的大房間，設備也很齊全，看來是貴族專用的房間。

當大夥兒放鬆地坐在客廳談話時，凱向羅威爾報告：

「羅威爾大人，屬下有一件事……」

凱含糊其辭，報告著某件事。凡這個時候解除了人形，所以艾倫正在盡情享受毛茸茸，沒有發現。

「凡，我來幫你梳毛！」

「竟勞煩公主殿下親自動手……吾好高興！」

凡毫無防備地翻肚。為了避免毛髮打結，艾倫首先用手梳理，然後才拿起梳子慢慢梳。

凡覺得很舒服，陶醉地閉上了眼睛。羅威爾一邊遠遠看著他們，一邊聽凱的報告內容。

「……你說拉菲莉亞？」

「是的。當時現場有很多人，我想這件事短時間內都會被人拿來討論……」

「索沃爾那傢伙都教了些什麼啊？」

身為一個貴族，拉菲莉亞的行為非常不應該。連傭人和家臣都分不清楚。不對，把凱當成傭人這件事就是問題。

索沃爾說過，經歷了拉菲莉亞被綁架一事後，他就嚴厲地向拉菲莉亞解釋過。但看這個樣子，拉菲莉亞完全沒從根本上搞懂凡克萊福特家是個什麼樣的家族。

那次事件結束後，羅威爾聽聞報告，說索沃爾把拉菲莉亞送進了淑女科。現在想想，說不定解釋歸解釋了，拉菲莉亞卻無法理解，索沃爾察覺到這件事，才會把她送到淑女科。

索沃爾恐怕是在這時發現了——不管自己多嚴厲地解釋了，都和拉菲莉亞是否理解是兩碼子事。

淑女科也是在嫁人之前學習新娘事務的場所。如果是即將以新娘身分離開家中的貴族女性，必定會進入淑女科學習。倘若拉菲莉亞要繼承家業，應該會進入貴族科或治療科。

凡克萊福特領現在因為使用了艾倫的藥品，治療規模擴大，治療院也跟著擴建，成為了領地新的地標。

如果要讓拉菲莉亞繼承領地，應該會讓她選要進入貴族科還是治療科才對。

「索沃爾那邊就由我來說吧。拉菲莉亞如果再來跟你說什麼，就全部拒絕。王室的人也是。」

「遵命。」

凱點頭，羅威爾移動視線，往艾倫那裡看去。她現在正一邊和凡玩耍一邊幫他梳毛。羅威爾看著她說：

「對了，艾倫，在去學院長室之前，妳有發現什麼對吧？可以仔細說給爸爸聽嗎？」

聽見羅威爾說的話後，艾倫沒有停下梳毛的手，開口說出現在明白的事。

「首先，學院裡面的幾個地方有奇妙的空間，我覺得這種地方好像具有規律。還有那個可能在地下的大精靈的氣息……」

「大精靈？這所學院的地下有大精靈嗎？」

「對，可是很奇怪。」

「……奇怪？」

「照理來說，應該透過氣息就會知道才對。可是他的力量非常小……不對，與其說小，不如說到處都感覺得到氣息。」

「？」

「這部分還只是推測。只不過，有規律的地方，都莫名感覺得到力量，所以這些地方或許會有什麼線索。」

「意思是，必須去看看這些地方是嗎……」

「我覺得只能看準空檔去探查了。」

「話說回來，艾倫，妳已經知道有哪些地方要查了嗎？」

「感覺得到力量的場所目前只有四處，剩下的好像都是普通的教室。」

艾倫停下梳毛的手，取出從學院長那邊拿到的平面圖。

往學院長室的路徑發現了兩個地方，騎士塔也找到了兩個地方。

艾倫用手指指著自己找到的場所，隨後彷彿發現了什麼，突然沉默不語。

「…………」

「……艾倫？」

羅威爾不解地歪頭，但艾倫太過專心，並未發現。她默默地用手指劃過這些地方。

這所學院的每一個學科都有獨立的建築物。

中央的建築物和四周建築物的種類稍有不同，大概是後來有其必要才逐漸擴建的吧。

連接中央貴族塔的建築物當中，有各學科的教職員使用的地方。一樓是公共場所，呈開放狀態。學生餐廳、多功能廣場、教會的所在地都位在這個中央位置。

各學科的高塔則圍在四周，以右側三座，左側三座的形式左右並排對稱。艾倫一邊用手指劃過這些場所，一邊從平面圖上方一一確認。

（以角度來看，我覺得中央塔和貴族塔就有六個地方，其他各座塔都有兩個地方……）

艾倫接著一一探索其他可能的場所，羅威爾他們只是默默看著艾倫動作。

「感覺好像魔法陣……？」

「妳說什麼？」

「這只是我的推測。我已經有了大概的預想，只要以這些地方為中心查，應該很快就會知道結果。」

「您已經知道那麼多了嗎……」

凱一愣一愣地道出感想，艾倫卻叮囑這只是推測。

只不過，屬下不能去淑女塔和貴族塔——凱這麼說。他們討論過後，認為只要有羅威爾跟著，凱要去貴族塔應該不成問題。

畢竟要是艾倫前往貴族塔的消息傳開，到時候可能會傳出艾倫是凡克萊福特家的繼承人的謠言。至於淑女塔，羅威爾等人進不去，艾倫也十分不想進去。

「也好啦，反正有王族在那，沒有去的必要吧。」

聽羅威爾這麼說，艾倫鬆了一口氣。

「那麼，請問明天的行程是如何呢？」

「要和學院長去參觀治療塔。有夠不想去。」

艾倫聽了羅威爾這句話，露出苦笑。羅威爾說他累了，就這麼倒在沙發上休息。看他今天受歡迎的程度，明天去治療科也會群起騷動吧。

「……艾倫，妳可能誤會什麼了。」

「什麼？」

「我倒覺得在治療科，妳比我更出名喔。領地的消息好像在治療科瘋傳了，說有個小小的公主帶來了藥。」

「咦？」

艾倫驚訝地睜大眼睛。

「那個學院長也興致勃勃，大家搞不好會瘋狂問妳問題喔。」

羅威爾大概是回想起艾倫找到隱藏在學院長室裡的那個房間的瞬間，浮現了一抹不懷好意的笑容。

「我是覺得如果要問出什麼內情，那會是個絕佳機會。」

「妳也很不留情耶。」

「比不上爸爸。」

艾倫勾起嘴角的弧線笑道，羅威爾看了也露出微笑。

但看了這對父女的互動，凱和凡鐵青了一張臉，只覺得明天絕對會出什麼亂子。

「好啦，事情就是這樣，妳可要注意，別鬧得太放縱喔。」

「這話讓我好心寒！」

「妳嘴上這麼說～可是只要我一不注意，妳就不知道會闖出什麼禍。」

羅威爾不斷用手戳著艾倫的臉頰，艾倫不服氣地鼓起腮幫子。

這時她想起今天旁觀羅威爾訓練時，她從和凡的對話中察覺羅威爾瞞著自己某件事。

凡明明傷腦筋到了極點，卻什麼也不說，羅威爾現在又不肯停止數落自己馬上亂跑的壞習慣。

兩歲時發生的事早已事過境遷，艾倫實在懷疑羅威爾是否到現在依舊不相信自己。那樣的心情化為黑霧，積累在內心。

「哎呀？」羅威爾敏銳地察覺艾倫的變化。只要艾倫神色不對，他就會馬上察覺。

「艾倫？」

「……什麼事？」

艾倫依舊鼓著腮幫子，羅威爾感覺到一股異樣感。他歪著頭，覺得艾倫和平常不一樣。

雖然喚了艾倫的名字，羅威爾卻始終閉口不言，只是歪著頭看她。艾倫見羅威爾如此，搞不懂他到底想幹嘛，反射性退後，和羅威爾保持距離。

「啊，艾倫，等一下，妳要去哪裡？」

「哪裡也不去！」

艾倫強烈地表明反抗，凱他們也發現艾倫的樣子和平時不同，疑惑地看著她，不知道到底怎麼了。

「艾倫，好了。來爸爸腿上。」

羅威爾拍拍自己的腿，催促艾倫來和自己談談。如果是平常的艾倫，就會一邊問著「什麼事？」一邊乖乖坐上去，但今天的艾倫卻使勁全力抗拒。

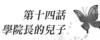

「我——不要！」

見艾倫如此明確地拒絕，羅威爾大受打擊。艾倫的狀況果然不對勁。

但艾倫說完後就把自己整個人埋進凡的毛髮中。她直說自己不想出去，同時越鑽越深。

眼見此景，羅威爾整個人呆若木雞。

凡似乎從艾倫身上感覺到了什麼，他蜷縮身體好藏著艾倫。

「……艾倫小姐，您哪裡不舒服嗎？」

凱擔心地出聲詢問。艾倫自己也搞不懂怎麼了，內心煩躁不已。不過，有一件事她敢說出口。她就這麼從凡的毛髮當中探出一顆頭。

「爸爸你為什麼總是要翻兩歲時的舊帳啊！這樣好像在說我長不大，我覺得這樣非常、非——常沒禮貌！」

「什麼～！」

就為了這種事——羅威爾似是如此發出不滿，惹得艾倫再度嘟嘴。

「艾倫，妳可別說妳忘了。」

「……忘記什麼？」

艾倫嘟嘴看著羅威爾，只見羅威爾一臉得意地說：

「在來這裡之前，妳跟爸爸約好了一件事對吧～？」

在馬車中，艾倫跟羅威爾說好，就算要一直牽著手也沒問題。她大概是想起了這件事，

在恍然大悟的瞬間擺出史上最不爽的臉。

凱見狀，只覺原來艾倫也會有這種表情，驚訝不已。凱一直以為艾倫是個能看清將來、預測他人行動的孤高存在，因此目不轉睛地看著現在表情不斷變化的她。

「啊哈哈哈！艾倫真可愛～！」

羅威爾使盡全力準備疼愛艾倫，不斷撥弄凡的毛髮，想抓住艾倫，把人拉出來。

「我不要～！」

不過凱察覺艾倫是真心討厭如此，忍不住上前。

「羅威爾大人，請恕屬下僭越。」

「嗯？」

「屬下認為，您再繼續這種行為，恐怕會被艾倫小姐討厭。」

「……！」

不知道是不是凱的話語太具衝擊，羅威爾的手戛然停止。艾倫看準了這一瞬間，溜出來躲在凱背後。

「凱！請你再對爸爸多說一點！」

「啊，不……這樣已經是極限了……」

再繼續下去就太可怕了，凱一邊鐵青著臉一邊說。不過，艾倫抓著自己的制服衣襬請求，感覺就像艾倫依賴著自己，這讓凱很是開心。

只不過，稍後艾倫和羅威爾把凱當成牆壁，開始進行攻防戰，讓凱累得癱在了地上。

＊

學院長知道英雄他們明天要去參觀治療塔，主動提出帶他們參觀的要求。其實他原本打算從第一天就緊黏著他們，但羅威爾是騎士塔出身，加上還有凱在，他們便以不需要為由拒絕了。

他們實在沒有破綻，學院長只能懊悔地咬著牙。

「不管用什麼辦法，一定要問出那種藥的製法……！」

學院長想起凡克萊福特領的傳聞，就是領地的公主會拿藥過來的傳聞。

聽說英雄和他的女兒為了製藥，會定期外出尋找材料，傳聞甚至指出他的女兒會拜託精靈製藥。說不定只要備齊材料，然後請求精靈，就能成功做出那種藥了。

不知道英雄的女兒到底和什麼樣的精靈締結了契約，不過，英雄的契約對象是大精靈，傳聞的可信度很高。

這時，學院長聽聞凡克萊福特家的女兒進入了淑女科，很是歡喜。

他馬上就和拉菲莉亞見面並談了幾句，沒想到她卻完全不知道藥的事。仔細一問才知道，原來她是另外一個女兒。

不過學院長還是從拉菲莉亞口中稍微問出了詳情。負責調度藥品的是英雄羅威爾的女兒，名字叫艾倫，而且和拉菲莉亞同年。

然而學院裡並沒有那樣的女孩。不對，應該說她的名字甚至沒有登記在貴族名冊裡。學院長實在想不通其中緣由，腦袋一片混亂。

即使向拉菲莉亞確認傳聞的出處，她也只給出曖昧的回答。就算花錢調查此事，直屬凡克萊福特家的所有人口風也都很緊。

那種藥甚至被人稱作神藥。其他國家明明也在高度關注，不管怎麼拜託，王族卻還是執意獨占，一顆也不肯外流。

焦急不已的學院長於是命令身為宮廷治療師的兒子去弄到手，但他的地位實在過於底端，根本連摸都摸不到。聽到兒子這麼說，學院長很是氣憤，罵到：「你這個廢物。」

學院長始終皺著眉喃喃自語，並思索著該怎麼做，才能同時說服英雄和他的女兒。

他不斷在室內踱步，完全靜不下來。當他回過神來，才發現因為他把氣出在東西上，室內的物品一樣樣損壞了。

「對了……那小子，他應該還在治療科。」

學院長想起英雄他們說過第二天要參觀治療科，所以他硬是厚著臉皮請求同行，想與他們交流。學院長不懷好意地笑了，往治療塔走去。

隔天早上，羅威爾一行人在房間裡享用請人準備的早餐，並所有人一起再次確認今天的行程。

「你們有辦法預測那個男人會有什麼行動嗎？」

「屬下認為，學院長整個人都是自尊心的化身，大概會讓我們見識這所學院的治療科最精湛的部分吧。」

「你的意思是……」

「也許會讓我們進入最高學年的教室。」

照理來說，能開放給外人看的只有最無關痛癢的部分。如果校方想讓孩子進入學院，一般來說會選擇較為入門的部分介紹，或是到和孩子同學年的教室參觀，引起孩子的共鳴，讓孩子主動希望入學。

但是凡克萊福特領的治療方法，就連宮廷治療師也嘖嘖稱奇。對方一定會覺得若照常理做，不可能讓羅威爾同意入學。

為了不讓羅威爾有機會批評治療科的授課內容落後，覺得還是在領地學習比較好，凱認為，學院長應該會使出渾身解術。

「啊，治療塔裡有精靈魔法使嗎？考慮到之前發生的事，是不是應該先知會精靈們一聲啊？」

要是事情演變成艾許特那次那樣，那可吃不消。他們把這件事交給凡處理，他迅速用完餐，然後回到精靈界，由精靈界統一發布消息。

艾倫不太了解精靈之間的交流方式，但她想像——大概有個像司令塔的地方吧。她決定晚點再問凡。

「等凡回來，我們就動身吧。」

「好。」

稍微晚了一點，他們三人也用完餐。將餐盤放回推車後，他們攤開學院的平面圖，放在空出的桌子上。

「往治療塔是走這條路嗎？」

「對，沒錯。治療塔就在昨天去過的騎士塔旁邊。治療塔和騎士塔後面的森林深處有一座湖泊，他們就是從那座湖泊引水栽培藥草。」

羅威爾這話引起了艾倫的興趣。聽到他這麼說，艾倫認為——他們的栽培技術比想像中還要進步，可以多方參考。

「我對栽培的植物和設施有興趣。」

「就知道妳會這麼說。」

羅威爾一邊苦笑，一邊用手指「咚咚」敲著平面圖上描繪的湖泊周邊。

「只要有弗蘭和奧布絲在，就能在領地栽培植物了，這樣夢想就會越來越大！」

「妳還真是滿心想竊取人家的技術耶。」

艾倫對苦笑的羅威爾說道：

「爸爸說這什麼話？他們還不是滿心想竊取製藥技術！我這樣誰也不欠誰！」

艾倫一邊笑著，一邊暗自決定一定要叫他們帶自己去參觀農田。

「對了，妳說治療塔也有奇怪的地方吧？」

「對，就是這裡和這裡。我把騎士塔的構造畫在別張紙上了。如果和其他的高塔比較過後，發現構造也相似，那就很有可能動了同樣的手腳。就算是爸爸，也只能勉強辨識地下精靈的力量，如果連媽媽都難以分辨，我也不知道自己有沒有辦法判斷……」

「而且這次學院長會跟著我們，感覺會多出很多限制。就算要調查，也不能一群人明目張膽行動，這下該怎麼辦？」

艾倫嘆了口氣，早知道應該在第一天發現時就先去確認的。就在這個時候，凡正好從精靈界回來了。

「讓各位久等了。」

「凡，辛苦你了。」

凡似乎發現他們沮喪的心情，詫異地詢問：「怎麼了嗎？」

「調查比我們想像中還難辦……」

「發生什麼事了嗎？」

艾倫說明現狀，凡建議先由他去確認該場所，然後再趁沒人轉移部分的人過去調查。

只要有人事先確認場所，就沒有必要一群人大陣仗過去了，而且也能事先確認有無他人耳目。

「真不愧是凡！」

這樣的話，只要幾分鐘就能解決了。艾倫忍不住飛撲到了凡懷裡。凡雖然嚇了一跳，還是輕輕抱住艾倫。

然後他順著艾倫飛撲過來的力道，就這麼抱著她轉圈。正當兩人開心地笑著，羅威爾開口提醒他們：「時間差不多了喔。」

「好～」

凡輕輕放下艾倫，讓她跑到羅威爾身邊。羅威爾見狀，開心地張開雙臂。

但艾倫看了，卻反射性停下腳步。

「奇怪？艾倫？」

羅威爾不解地歪頭，只見艾倫的身體轉向桌子，然後拿起攤開在桌上的平面圖。

「差點就忘了。好險好險。」

隨後，艾倫直接往門口跑去。

「艾倫～！妳也撲向爸爸的懷抱嘛！」

她不顧羅威爾在後頭大喊，就這麼離開房間。

她自認是以平常心面對羅威爾，但並未忘記昨天發生的事。

她就這麼抱著尚未消失，不斷在刺激內心的反抗心跑著，卻在途中被羅威爾從後頭抓住，然後抱起。

艾倫一邊努力不讓內心的不悅表露在外，一邊回過頭。只見羅威爾一臉不悅地看著她，讓她不禁笑場。

「艾倫……爸爸好傷心喔。」

艾倫差點就出口吐槽羅威爾，問他為什麼會和自己一樣不高興，但現在可不能示弱。艾倫刻薄地回覆：

「我覺得爸爸你差不多該學著離開孩子了。」

「太早了啦！」

羅威爾直喊著「不要」，並用自己的頭磨蹭艾倫的頭，他這副模樣讓艾倫感到傻眼。

這時，走廊前方傳來人的氣息。艾倫告訴羅威爾有人要來，羅威爾的表情突然恢復嚴肅，並放下艾倫。

這切換速度實在快得令艾倫傻眼，不過她也馬上發現儘管放下了自己，羅威爾卻死也不肯放手，於是用力捏了羅威爾一下。

「艾倫，很痛耶～」

艾倫一邊聽著羅威爾的哀號，一邊望向走廊前方，發現出現在那裡的人並不是陌生人。

「啊，休姆先生！」

艾倫立刻認出他是宮廷治療師——休姆。休姆看到艾倫，也開心地跑過來。

「好久不見了，艾倫小姐、羅威爾大人。請妳別太拘束，叫我休姆就好。這身制服很適合妳。」

「咦？謝……謝謝你……」

艾倫也知道這是客套話，但臉頰還是微微漲紅。

「好久不見。我想想，那……我就叫你休姆！制服是奶奶替我準備的！」

艾倫原地轉了一圈，心情顯得很不錯。被人稱讚打扮好看還是很令人開心。因為平常不管自己穿什麼，羅威爾都只會說可愛，凡則是認為她不管穿什麼都理所當然適合，就算穿著跟平常不同的衣服，也不會有什麼反應。能得到和凱一樣新鮮的反應，她的心頭滿溢著喜悅。

「明明已經看慣制服了，但穿在妳身上，看起來就是不一樣。這樣非常可愛。」

艾倫不常受到這種誇讚，因此沒什麼抵抗力，整張臉顯得更紅了。羅威爾立刻有所反應，開始釋出殺氣，艾倫急忙改變話題。

「對……對了，休姆你不是在王都嗎？」

「咦？啊，其實我聽說妳要來，就被叫過來了。」

休姆一邊苦笑一邊回答，艾倫忍不住眨了眨眼。

「你已經是宮廷治療師了吧……？為什麼還會被學院叫來呢？」

「這所學院有個規定，在畢業之前都要住在學生宿舍中。不過像我這種還沒畢業就被錄取的人，便會住在王都。可是以年紀來說，我還不能畢業，所以在畢業之前，我的立場依舊是學院生，無法違抗學院長的命令。」

「意思是，不會顧及宮廷治療師的立場嗎……？」

「是的……所以其實我的身分很卑微。」

年齡不足——只因為這點理由。

艾倫總覺得哪裡不太對，真的只是因為這樣嗎？

（但他明明是陛下為了事前調查藥品特地挑選的人才……？）

艾倫不認為企圖問出藥品詳情的學院長和拉比西耶爾之間有關係。這麼一來，所謂「身分卑微」或許有什麼內情。

艾倫接著詢問休姆宮廷治療師的詳情，休姆表示，成為宮廷治療師之前，必須以見習的身分拜師學藝，流程就像成為醫生之前要先當實習醫生一樣。不過，以休姆的情況來說，是因為他有能幹的手腕，以及幼時就和精靈締結契約的關係，才破例承認他為宮廷治療師。

「你很厲害耶！」

一聽艾倫誇獎自己厲害，休姆瞪大了眼睛，臉頰逐漸染紅。

「啊，不好意思……我不太習慣有人誇我……」

看休姆用手遮臉，害羞得低頭，艾倫很是吃驚。其實這也和他年紀輕輕有關。周圍的人

都嫉妒他，平常幾乎沒人會誇獎他。

不過，他的實力之所以被認可，也是因為拉比西耶爾不會在意身分，只要有能力，就會給予平等的評價。

「但我還是比不過妳啊。今天要不要來較量一下知識呢？」

「好啊，我也很在意學院的課程內容！」

兩人相談甚歡，休姆的胸口突然蠕動了起來。

艾倫感到困惑，一道熟悉的影子忽然跳出。

『公主顛……！』

那道跳出的影子的話語沒能說完。面對突然跳出的影子，凡即時做出反應，眼明手快地抓住了那對耳朵。

「喂，小不點……你是什麼意思？可別說你已經忘記吾稍早下達的通知啊。」

艾許特被凡抓著耳朵，吊在半空中。當他看到是誰抓著自己後，整副身子僵在原地無法動彈，看起來就像一幅肉食動物和草食動物組成的畫面。

凡甚至沒有隱藏殺氣，惡狠狠地瞪著抓在手上的艾許特。

「凡……凡！不能抓耳朵啦！」

艾倫慌慌張張地從凡手上奪下艾許特。耳朵是兔子的要害。她大聲斥責凡不能這麼做，還罵了一聲：「不乖！」

「可……可是，公主殿下……」

雖然這樣對一臉失落的凡過意不去，艾倫還是不斷說明不能抓耳朵，同時持續撫著身體僵直的艾許特的背。

「凡，你也不喜歡人家抓著你的尾巴，在半空中亂甩你吧？」

「是……是的……」

艾倫抱著艾許特，儘管開口警告了凡，還是不忘褒獎他剛才的行動。

「不過凡可真有一套，居然有辦法馬上反應過來！你是在擔心我吧？謝謝你。」

「公、公主殿下……！」

凡紅著一張臉，顯得很開心。這時候，艾許特終於回過神來，開始瑟瑟發抖。艾倫見狀，撫摸著他的背安撫，艾許特這才漸漸冷靜下來，並開始撒嬌。

『公主顛下……』

「好久不見了，艾許特。可是你不能突然蹦出來喔，大家會嚇到。」

艾倫告誡艾許特，結果連他也開始沮喪。

「凡是我的護衛，所以他只是想保護我，對不起喔。」

『豪……』

艾倫笑著，心想這樣大概就沒問題了。

「我還想說突然有東西冒出來了，原來是那時候的伏兵啊。」

羅威爾也跟剛才的凡一樣，嚴厲地看著艾許特。見艾許特再度發抖，凡就像嘲笑他活該似的，用鼻子發出嘲笑。

「討厭，連爸爸都這樣！你們不要嚇艾許特啦！」

艾倫這次換成對羅威爾生氣，結果連羅威爾也陷入沮喪。休姆和凱愣一愣地看著這幅光景，這才回到現實。

「啊——咳咳。不好意思。我叫休姆，這是我的精靈艾許特。是艾許特冒犯了。」

見休姆打了招呼，凡和凱也接著自我介紹。

休姆含糊其詞地說：「我稍後就要去找學院長了，想說在那之前來打個招呼……」接著便和艾倫開始聊天，因而沒有注意到凡他們的神情。

凡一臉煩躁地盯著艾倫懷裡的艾許特看。艾許特隨即注意到凡的視線，炫耀似的「呵呵」笑了兩聲。

「唔～～這傢伙！」

「凡？你怎麼了嗎？」

見凡突然怒氣沖沖，艾倫訝異地睜大雙眼。這時候，凡指著艾許特大叫：「請把那個小不點交給吾！」

艾倫在吃驚的同時低頭看艾許特，他被凡的氣勢壓倒，開始渾身發抖。

「凡……？」

艾倫不解地看著凡，但是這個反應似乎讓凡傷心透頂，他露出大受打擊的神情，絕望不已。

「公主殿下！請問您覺得吾和那個小不點，誰比較可愛！」

面對狗急跳牆的凡說出的這句話，艾倫一邊瞪大眼睛一邊開口說道：「可愛的是艾許特啊。」凡聽了，臉色一片鐵青，神情也絕望透頂。

「硬要分的話，凡應該算是帥氣……凡？喂～」

凡失落地低頭抱著膝蓋，凱同情似的拍了拍他的肩膀。

就像要誇耀自己的勝利一樣，艾許特在艾倫懷中驕傲地吐氣，但艾倫並沒有發現。

羅威爾和休姆看著此情此景，一邊嘆著氣，一邊對話題遲遲沒有進展互相道歉。

凱見凡始終忸忸怩怩地在沮喪，故意用膝蓋頂他的背。凡在盛怒之下大叫：「小子！」作勢抓住凱。這時候，羅威爾眼明手快地抓住凡長長的髮尾阻止了。

凡發出一聲哀號，在眼角泛淚的同時用眼神向羅威爾抗議。

「艾倫，把那個還給人家。」

艾許特聽到自己被稱作「那個」，不禁大受打擊。艾倫明白再這樣下去，事情確實不會有進展，便把艾許特還給休姆。不過能偷偷享受到兔子輕柔的毛皮觸感，她已經心滿意足。

艾倫接著握住羅威爾一直到現在都還抓著凡的髮尾的手，說：「爸爸你也是，不乖！」

羅威爾這才乖乖放手。

「嗚～～吾還以為要禿頭了……」

凡抱著頭，就地盤腿坐在走廊上。他的模樣實在令人同情，看來剛剛那樣非常痛。

艾倫靠近不斷摸著髮尾附近的凡，輕輕撫摸他的頭，令他僵在原地。

「公主殿下……！」

羅威爾看著凡感動到了極點的模樣，一邊嘆氣一邊繼續話題。

「好了，宮廷治療師閣下，可以麻煩你帶路嗎？」

面對靜靜笑著的羅威爾，休姆在困惑之中點頭允諾。

「來，我們走吧。」

艾倫抬頭看著凡，表示要手牽手一起走，凡也迅速察覺艾倫的用意，伸出他的手。他們就這樣手牽著手追上休姆的腳步。

第十五話　休姆

艾倫他們跟著休姆來到城堡中央的廣場。這裡雖然是共用空間，卻不見學院生的身影，看來課堂已經開始了。

廣場入口站著學院長和治療科的男教師，他們正一起等待艾倫前來。

「哦哦，羅威爾大人，您早啊！」

羅威爾一邊和一大早就興致勃勃的學院長握手，一邊打招呼。

艾倫也有樣學樣，以淑女之禮問早。凱和休姆則以學院生的方式打招呼，只有凡一個人瞪著學院長。

「凡。」

艾倫拉了拉他們牽在一起的手，凡這才回過神來，以冷淡的語調打招呼。

「凡，你怎麼啦？」

面對凡罕見的態度，艾倫詢問緣由。只見凡一邊苦笑一邊彎下腰，悄聲說道：

「這個男的，企圖利用那個叫休姆的男人問出藥品的做法喔。」

（咦……）

凡是操縱風的大精靈，想必是操縱風，聽到學院長說的話了吧。

聽到凡這麼說，艾倫開始思索。她原本就覺得對方會有所行動，但沒想到他竟會利用休姆來做這件事。

話說回來，學院長為什麼會派休姆這個宮廷治療師來擔任嚮導呢？

（休姆身為宮廷的人才，明明人盡皆知，為什麼事到如今還要聽命學院……？）

站在學院的立場，現役學院生以宮廷治療師的身分擔起未來，擁有這樣一個人才的確值得自滿。

可是休姆以宮廷治療師的身分忙於王都的工作，有辦法這麼簡單就把人叫來嗎？

（看來……跟我料想的相反，學院和王室可能有某種連結，或者……）

或者如凡所言，休姆和學院長勾結在一起。可能性就是這兩者之一吧。

總而言之，現在對休姆也大意不得。

「凡，謝謝你告訴我。我會小心。」

艾倫笑著回應凡，凡也笑著說：「吾會一直陪在您身邊。」

有凡隨侍在側，艾倫覺得很放心。她重新打起精神，一邊聽著只顧自言自語的學院長說話，一邊偷偷看著休姆。

休姆微微低著頭走在學院長後頭。他的臉色很差。他們兩人實在不像彼此一起策劃壞事的關係，這讓艾倫皺起眉頭，不解地歪頭。

下一秒，她理出了一個可能性，卻也僵在了原地。

（不是還有一種情況嗎……不得不聯手的狀況。）

休姆可能被學院長要脅了。

老實說，艾倫不認為和王室有連結的休姆來詢問藥品的製法會是陛下的打算。她已經告訴過陛下，人界無法做出藥品。

受到那麼無情的報復，他還會這麼愚蠢，做出惹怒艾倫等人的行徑嗎？

（不，不對，腹黑先生不會做這種事。看來……要請他們一五一十全盤托出了。）

休姆見證了拉菲莉亞的綁架事件，他應該已經知道就算想詢問藥品的詳細情形，也無法如願。

因為被要脅，休姆只能聽從學院長的吩咐。但是，艾倫已經斷言就算是王室，她也不會說出藥品的事。

所以休姆被夾在學院長和現實之間，臉色才會如此的難看——這才是最能令人接受的推測。

艾倫偷偷背對學院長，和凡說悄悄話：

「凡，可以請你用風探探學院長和休姆周圍嗎？休姆很可能被學院長威脅了。」

聽了艾倫這番悄悄話，凡瞪大了眼睛。走在旁邊的凱似乎也聽見了，同樣訝異地睜大眼睛。

「公主殿下……您怎麼知道這件事？」

沒想到一問之下，才知道不久前學院長怒氣沖天地大罵過休姆。

凡和凱雙雙提問，明明沒有人告訴艾倫，她為什麼會知道呢？

「他真的被威脅了嗎……？」

凱也驚訝地說。

「這個可能性提高了。拉菲莉亞出事的時候，休姆不是在場嗎？他有直接聽見我的宣言，我說我不會把藥的製法告訴王室。他分明知道這件事，卻對學院長言聽計從。想得到的可能性就是——他處於不能拒絕學院長的立場……視情況，我們要優先保護休姆。」

「……吾就知道公主殿下會這麼說。」

凡苦笑，了然於心。

「對不起，拜託你這麼多事。我只能靠你了，凡。」

「哼哼，請您再多說一點。吾可是很有用的！」

「……」

凡見凱露出有些欽羨的神情，得意地「哼」了一聲刺激他。

「吾因為公主殿下的請託，必須依依不捨地離開公主殿下了。聽好了，在吾回來之前，小子你可要好好守護公主殿下啊！」

聽了凡的話，凱瞪大了眼睛。但到了下一秒，他便以下定決心的眼神看著凡說：「那當

然。」

雙方沒有打暗號，直接以拳頭碰拳頭。看起來默契十足。

（這種時候看起來就像一對好哥們耶……）

但兩人還是時不時會起小爭執，讓人有些擔心。

受到艾倫請託，讓凡心情大好，臉上始終掛著笑容。

艾倫被他傳染，也跟著笑了。羅威爾見狀，不禁苦笑：「你們很開心嘛。」

「你們偷偷摸摸的在幹嘛？都弄好了嗎？要走嘍。」

「已經好了！那凡，拜託你了！」

「遵命。」

凡恭敬地行禮致意，然後迅速消弭身形。

學院長他們走在前頭，所以沒注意到凡的存在。

（好了，學院長，請你覺悟吧！）

艾倫笑著牽起羅威爾的手，跟上學院長他們的腳步。

＊

休姆走在最前面，帶領一行人往治療塔前進。

學院長跟在後頭，正滔滔不絕地和羅威爾說明學院的事。

學院長似乎覺得只要讓羅威爾點頭，艾倫就能進入學院，所以在拚命推銷。

只要稍微側耳傾聽學院長說話的內容，就會發現他正在說明學院的運作系統，比如幾點開始上課等等。這和治療科上的課程內容到底有什麼關係？

羅威爾以前也是學院的學生，跟他說明學院的運作系統明明沒有任何意義，學院長似乎是忘記這件事了。

艾倫漫不經心地在羅威爾身後看著他們的互動，忽然發現自己根本還沒好好享受這座城堡。

昨天專心尋找城堡內部的空間，居然忘記了最重要的享樂。

艾倫在生前就最愛城堡。其實她也對建築物的構造有興趣，只是更喜歡城堡閒適自得的姿態。

她從一開始就沒有想住在裡面的想法，但那些四處點綴的裝飾、不斷堆疊的磚牆，還有感覺得到年代的姿態，都令她心動不已。

修繕隨著時代風化的部位並珍惜愛護，這些都讓她心裡湧現暖意。

她對新的實驗器材以及利用新發現的物質開發出的東西，確實有著無窮的興趣。不過，其實她也非常喜愛一路愛護使用至今的東西。

比如父母傳承給孩子的鐘錶或鋼筆。生前，她在九州的外公外婆就是很重視這些東西

的人，她一路看著他們把傘之類的物品拿去送修，換了塊布後始終珍惜著使用同一把傘的身影。

外婆喜歡煮菜，因此她很珍惜她的菜刀。那把菜刀被使用了很長一段時間，可以在刀柄上看見歲月的痕跡。

融入舊物的風景、一路珍惜使用下去的歷史、融入時代背景的建築物……這些東西都是艾倫的最愛。

艾倫一邊沉浸在這段回憶中，一邊看向周遭的建築物。

她移動視線，看著圍在中央塔與貴族塔外圍的高塔。乍看之下就像城壁一樣。這些建築物恐怕是為了保護中央塔和貴族塔，作為城牆之用，後來才增設的東西。

（對了，根據預測，小空間在中央有六個，外圍有十二個……之所以還有多餘的空間圍著中央塔和貴族塔……是因為中央有某種東西存在嗎？）

「嗯～」艾倫一邊歪著頭，一邊看著外圍高塔的內部裝潢。

入口的拱門有著細膩的機關，不過基本上都是由磚頭堆疊起來的簡樸內壁。

如果是象徵貴族的城堡，應該會極盡所能追求奢華，艾倫卻沒見到類似的物品。

最高年級的教室在三樓。他們被領進了一間靠近樓梯的教室。艾倫很好奇為什麼最低年級的教室在四樓，於是開口詢問休姆。休姆回答，這是為了縮短前往教職員頻繁出入的研究室的距離，高年級的教室才會在三樓。聽見這種讓人不予置評的「大人的苦衷」，艾倫笑了出來。

一行人分成大人和小孩，一邊聊著天，一邊跟在學院長後頭抵達教室。學生們看到學院長和羅威爾一起到場，氣氛突然沸騰。

「啊——咳咳！繼續上課！」

學院長大聲喝道，學生們和教師才慌慌張張回到課堂上，但學生們大概還是很在意，全都偷偷看著羅威爾竊竊私語。

當艾倫從羅威爾背後冒出頭來，幾個發現了她的人開始騷動。

（喂，那個女生……！）

（是英雄的……！）

教室內的吵雜聲不斷擴散，學院長再度大聲叱責。羅威爾看了，故意失望地嘆了一大口氣。因為羅威爾這個舉動，現場的喧囂頓時停止。

學院長一臉鐵青，教師們的臉色也跟著刷白，只有艾倫一個人不明所以地呆站在原地。

「抱歉，打擾你們上課了。這裡我已經看夠了。好了，宮廷治療師閣下，麻煩你帶路吧。」

羅威爾表示他已經不必再看授課的模樣，催促休姆離開，就這麼轉身背對學院長。

休姆絲毫沒有動搖，從容地說了聲「遵命」後往外移動，走出教室。

「您已經很了解學院的規則，請恕我省略說明。我這就帶各位參觀治療科的設施。」

「這感覺比較有參觀的價值。那就拜託你了。」

羅威爾對艾倫伸出手，要她過來。艾倫點頭，牽起羅威爾的手。羅威爾等人沒有行離席的禮數，就這麼往外走。學院長等人見狀，臉色難看至極。

「請、請留步，羅威爾大人！」

學院長急忙跟上他們的腳步，未料羅威爾卻道出一句刻薄的言語：

「對了，我們不需要你。告辭。」

羅威爾等人就這麼丟下呆愣在原地的學院長，逕自往庭院走去。

*

「爸爸，這樣好嗎？」

艾倫委婉地詢問羅威爾不是還要聽聽學院長的說法嗎？只見羅威爾瞇起一隻眼睛回答：

「這也是一種戰術喔。」

「他現在大概氣炸了，正在胡亂大叫洩憤吧。凡會去聽他說了什麼的。」

艾倫完全聽懂了。畢竟對方是會被感情控制，最後露出馬腳的類型。

走出教室後，羅威爾立刻以念話命令凡好好聽學院長說了什麼。

「反正在我們待在這裡的期間，他都會不必要地跟著我們。剛才他說給我聽的全都是炫耀。我明明待過這所學院，他卻盡說些我早就知道的事，我才覺得不需要他了。」

「他是不是不知道這裡有爸爸你、凱，還有休姆在啊？」

明明就是為此才把休姆叫過來的，那個學院長根本不想把說明的任務交給別人。

「可是妳一露臉之後，場面就會變成那副德性，所以我想盡可能避開有學院生在的地方。」

聽了羅威爾的話，休姆和凱的臉都綠了。

「非常抱歉，羅威爾大人。昨天騎士塔的人也太激動了……」

凱低頭道歉，羅威爾苦笑著說：「這也沒辦法啦。」

「誰教穆斯可教官就是壞心眼，然後我也搞砸了啊。」

羅威爾說著，伸手抓了抓頭。昨天羅威爾大顯身手，學院生們都非常興奮。正當所有人煩惱著接下來該怎麼辦時，艾倫滿不在乎地開口：

「啊，對了！休姆，我想拜託你一件事。」

「好的，什麼事？」

「我想去看治療塔入口的石板，還有頂樓！」

「咦？啊……好。我知道了。」

既然對方會幫忙帶路，那只要先拜託他就水到渠成了。艾倫選擇先下手為強，並以念話

拜託凡去看看別的地方。

休姆似乎十分清楚上下關係的應對進退，因此完全不插嘴艾倫這種莫名其妙的行動。只要上位者說想看，就會乖乖服從命令——艾倫覺得休姆已經很習慣這樣了。與其說他熟知升遷之道，感覺更像是因為成長於這種環境。

以前在領地和休姆談話時，即使是對賈迪爾這個王子，他的遣詞用字也很直接，可是現在卻和當時的態度完全不同。

彷彿他收到了嚴格的命令，說絕對不准他打壞艾倫的興致。

這其中肯定有內情。艾倫雖然注意到了，依舊一面在心中道歉一面選擇利用他。

「治療科的設施在外面，我們先去看頂樓吧。」

「謝謝你！」

休姆見艾倫開心的樣子也笑了。他們爬上和騎士塔構造相同的螺旋階梯，來到治療塔的頂樓。這裡也同樣有一尊抱著書本的治療師石像，四周整面牆和騎士塔一樣，擺滿了書。

「這裡是治療科的書庫，說是這麼說，頂樓也只放著過去的紀錄。治療科專用的圖書室在五樓。」

「這樣啊。」

「治療科的一樓、二樓是學生用的治療室，三樓、四樓是教室，五樓是圖書室，六樓是書庫。」

「學生用的治療室？」

「其實這是為了隔壁的騎士科啦。」

休姆一邊笑，一邊解釋那裡是學生訓練時受傷會去的地方。

「治療科會治療學生嗎？」

「因為治療科的教師就是治療師，治療會由教師指導進行。淑女塔和貴族塔有特別聘請的治療師，所以他們不會來這裡。」

「原來是這樣～……」

艾倫越聽越覺得這所學院的機制很有趣。

貴族捐贈資金，用那筆錢購買種子，由農科在學院栽培食用作物，再由商科販賣多餘的作物，然後購買針線與布匹。

淑女科用那些針線與布匹製作床單等物品供學生使用，培育騎士科是為了守護貴族，治療科守護騎士，精靈魔法科守護一切作物、運氣、恩惠和治療。

（這種機制真有趣。每個學科都有自己的用途……好厲害。）

看得出來這是經過人為計算，在名為學院的隔離地實行最基本的經濟循環。

艾倫一邊看著平面圖，一邊繼續提問：

「每個學科的頂樓都有象徵該學科的石像嗎？」

「是啊。貴族塔是王，淑女塔是王妃，商塔是金幣和天秤，農塔是樹木，騎士塔是騎

士，治療塔是治療師，精靈塔是精靈魔法使。」

「那入口的石板……」

「石板跟石像一樣，畫著象徵各塔的東西。」

艾倫陷入沉思半晌，隨後提出一個質樸的問題：

「為什麼建築物裡面會有石像呢……？」

「咦？」

羅威爾等人成長至今，一直將那視為理所然，聽到艾倫這麼問，全都感到很訝異。但是，艾倫沒有察覺他們的反應，只是看著治療師的石像皺緊眉頭。

「為什麼要放在頂樓……如果要當成象徵，應該要放在人流最多的一樓啊……？」

（而且這裡和騎士塔一樣，有精靈的氣息……）

艾倫看了騎士塔和治療塔之後發現了一件事，這兩座塔的石像都面對中央的教堂擺放。

（不對，這樣並不奇怪……可是這股異樣感是怎麼回事？）

艾倫始終不解地思索著。

＊

一行人從頂樓來到入口。確認完畢後，他們前往休姆所說的治療科的設施。

休姆走在最前頭，其他三個人跟在後面。走著走著，學院的氣氛也漸漸改變，看來他們正往後院走去。隨著攀爬在外牆的藤蔓逐漸增加，眼下隨即變成外牆被綠意包圍的場所。

他們走過充滿綠意的拱門後，來到一處就像英式庭園，充滿綠意的場所。艾倫看了，瞬間喜上眉梢。

「哇～～！好漂亮！」

這裡不只種植藥草，還有種植各種花草樹木，所到之處都看得見長椅，是個計算過人員出入的地方。

「這座庭園主要種植常見的藥草，還修整成讓人看了心曠神怡的樣子。」

「用藥草取悅人心，這在其他地方不常見呢。」

「是的。我們以相較之下容易栽培的物種為中心種植，另外還栽種了許多食用植物，所以餐廳的員工也會來這裡採收。」

此外，以繁殖力不同的食用花和香草類為中心栽種的庭園則設置在其他地方。

像薄荷這種繁殖力強的植物，就不能種在庭園中。因為它會妨礙其他植物生長，要隔離栽種才行。

「原來如此……可以吃的藥草啊。」

既能食用，對身體又有益處的話，自然是好處多多。

「主要用來治療的藥草不是種在這裡嗎？」

「那些栽種在離湖泊較近的地方，因為在水分充沛的地方，植物長得比較好。」
「那個地方現在能去嗎？」
「可以，我帶妳過去。這邊請。」
見艾倫對自己的話題感興趣，休姆開心地笑了。
艾倫一邊聽著休姆的解說，一邊環伺周遭。
她沒想到竟然可以在欣賞英式庭園和城堡的同時移動，因此心情大好，從頭到尾都很開心。
「領地裡面沒有這種想法耶～要是有以觀光為目的的藥草園，或許很不錯！」
「妳這麼快就開始想做大事啦？」
艾倫不顧在一旁微笑的羅威爾，逕自說下去：
「反正栽培藥草也要花一樣的時間，我覺得這是一個好方法啊。」
「嗯～是這樣沒錯啦。可是如果讓平民進去，不知道他們會不會隨便拿走藥草？」
我都忘了——艾倫這才想起這個世界在這方面的秩序很不明朗。
其實只要大家知道這是「田」，就不會有人闖入，但還是有很多貧困的人會盜取作物。
這種行為尤屬留在領地治療的人最常犯。那些人在滯留期間花光了錢財，便會侵入田地，這種問題層出不窮。
「就算收取藥草園的入園費，別人可能更會因為付了錢就把藥草拿走……」

這個世界不像地球那樣，幾乎沒有娛樂場所。等級高一點的，頂多就是旅店的酒吧或是貴族的娛樂室了。

「也許只有王室的庭園或學院才有可能辦到吧。」

「說得也是……要在我們的領地實現，的確太難了。」

艾倫想到現實的層面，不禁覺得失落。領地的患者現在還很多。

那些人聽到這是凡克萊福特家培育的藥草，可能就會猜測那是藥品的材料，然後採得一株也不剩。

「好啦，妳也不用這麼沮喪啦。既然這樣就能讓人大飽眼福，拜託宅邸的園丁栽培不就好了？」

只要偷偷在自家花園栽培藥草就行了——羅威爾笑著這麼說後，艾倫明顯打起精神來了。

「真不愧是爸爸！」

艾倫再度開心地看著休姆，讓休姆感到有些驚訝，笑著說：

「公主殿下的表情一直變化，真有趣。」

休姆一反直到剛才為止裝模作樣的態度，回到剛見面時的樣子。

艾倫察覺這件事，訝異地眨了眨眼，同時惡作劇地說道：「你也回到剛見面時的樣子了呢。」休姆聽了，聳肩說道：

「因為剛才有那個人在啊。」

「你是說學院長？」

「對。要是我不擺出學院生的姿態，會被他唸。」

休姆確實是現役的學院生，但同時也具宮廷治療師的身分。

凡說過，學院長曾大罵過休姆。那是拐個彎在威脅他不准得意忘形嗎？

艾倫悄悄看向休姆，他似乎想起了學院長，正輕輕嘆氣。

不對，艾倫馬上發現休姆的態度並非如此。她覺得自己似乎找到問題所在了。

「你好像很辛苦。」

艾倫歪著頭，這麼問道。休姆看著艾倫，露出苦笑。

「……我覺得好像被妳看穿了許多事。」

「是嗎？」

這麼說起來，艾倫才想到休姆當時也在現場，而且他也知道風之精靈會使用魔法回收風聲。既然如此，艾倫認為直接問或許比較快。

「學院長想利用你問出藥品的製法嗎？」

聽到艾倫這麼問，休姆驚訝地瞪大眼睛，隨後就像死心了一樣，道出：「果然還是瞞不過妳。」

「妳果然都知道了。」

「因為學院長的大聲怒吼，我的護衛都聽到嘍。」

「嗚哇啊……」

這種時候也只能笑了，休姆的笑意中充滿了疲憊。不過，他的笑容還帶著一絲悲傷。那張泫然欲泣的表情讓艾倫有些訝異。

羅威爾和凱只是默默看著艾倫他們談話。即使在彼此交談，他們也沒有停下腳步，持續往湖泊旁的藥草園前進。途中，休姆開口：

「其實那個人是我的繼父。」

「……你說誰？」

儘管腦子裡明白，艾倫還是想稍微掙扎一下。

「公主殿下也真是的，妳明明知道。就是學院長啊。」

休姆笑著說，但艾倫沒想到跟在她身後的凱竟會充滿同情地「嗚哇」叫出聲。從羅威爾稀鬆平常地回道「原來是繼父嗎？」這點來看，即使雙方沒有血緣關係，他果然還是早就知道兩人是父子關係了。

艾倫看著羅威爾和凱，責備似的皺起眉頭。儘管休姆笑著說沒關係，艾倫還是責罵羅威爾和凱這樣很沒禮貌，他們兩人也乖乖道了歉。

「真的沒關係啦，反正這也不是可以炫耀的事。」

「呃，你這麼說還是有點……」

見艾倫惶恐地這麼說，休姆隨即開口說道：「畢竟他是那種人嘛。」反倒肯定了羅威爾他們的反應。

「我爸爸意外身亡，為了撫養年幼的我，我的母親拚命工作。這時，那個男人和我媽認識了。」

休姆彷彿在自暴自棄，在嘆息之中平淡地闡述，讓艾倫不知道該開口說些什麼。

「我記得那是魔物風暴結束之後的第二年吧。死了那麼多人，國內也一片混亂，一個女人要把孩子帶大根本不可能，所以媽媽為了我再婚了……這種事其實很常見。」

休姆說著，聳了聳肩。艾倫這才解開自己對休姆的疑問。

「原來是這樣……我總算明白了。」

「……什麼意思？」

休姆不解地看著艾倫的臉。

艾倫迷惘了一瞬間，她不知是否應該敷衍過去。但照這個話題走向，說不定能成功和休姆交涉，所以她決定老實說。

「就是拉菲莉亞被綁架時，你為什麼會和殿下一起來到領地這件事的原因。」

「……妳說什麼？」

休姆以警戒的眼神看著艾倫。

「對不起，我這樣實在很失禮……但令堂是不是身體不太好？」

聽見艾倫單刀直入的言語，休姆瞪大了眼睛。

「而且我的藥治不好。」

「妳為什麼會知道這種事！」

面對休姆突然激動起來的模樣，艾倫感到有些害怕，但是為了表現自己的游刃有餘，她還是笑了。

艾倫沒有發現，其實羅威爾和凱為了以防萬一，確保能在發生事情的當下把艾倫從休姆身邊拉開，已經擺好了架勢。

「因為那位陛下不可能把你這樣的人派來領地。」

「……這是什麼意思？」

「陛下是個完美主義者。不管你的前途多麼不可限量，經驗卻輸別人一大截。陛下不可能選這樣的人陪同殿下前來。」

「……」

「可能性只有一個。比起凡克萊福特家的藥的底細，有某種更重視的東西讓陛下選擇了你。陛下畢竟是那種人，我想你應該和他交涉過。如果學院長和陛下勾結，學院長應該不會想要藥品，所以我認為他們之間沒有關係。休姆你知道連陛下都沒掌握到我的藥的製法，可是學院長不知道這件事。如果你和學院長關係良好，你應該會告訴他……畢竟要是做出蔑視陛下的舉動，那可是造反。」

「什……」

休姆張大眼睛，藏不住自己心中的動搖。艾倫見狀，確信自己的推理沒有錯。

「不，說不定你有把這件事告訴學院長。畢竟若造反罪名成立，傷腦筋的會是你和令堂，只是學院長對這件事充耳不聞。」

艾倫繼續往下說：

「所以我假設是你自己想得要藥品，重新想了一回。你為了救令堂，想知道凡克萊福特領的藥的底細，所以和陛下交涉，而這次學院長則是以令堂為要脅，讓你不得不對他言聽計從。」

「為什麼……為什麼……」

「因為只要這麼假設，你的行動就全說得通了。你已經擁有宮廷治療師的身分，這件事對學院長來說理應很是驕傲，實際上卻不然。這點明顯到即使只是從旁觀察也有辦法立刻發現。」

聽了艾倫的話，休姆就像咀嚼著味道苦澀的蟲子一樣，臉色非常難看。艾倫在愧疚的同時往下說：

「如果我說令堂的病或許治得好，你會怎麼做？」

「……別騙我了，連妳的藥都治不好了。」

為了拿到艾倫的藥，休姆可能已經對學院長言聽計從了。

「我的藥只有四種，我們的人應該已經告訴過你要對症下藥，而且我是精靈王的女兒，精靈界有能夠直接治好患部的精靈喔。」

「……意思是，那不是能治百病的藥嗎？」

「沒錯。」

「所以我媽的病不是那些藥治得好的嗎……？」

「想得到的可能性是基因或者是心因性……其他還有許多因素，不過簡單可以分成這兩種。」

「基……？」

不只休姆，就連羅威爾和凱也聽不懂艾倫說的話。

「你知道有些人因為家系，容易患上某些病嗎？或是到了某個歲數，兄弟姊妹就會得到那樣的病……此外也要看環境，也有些病是感覺到壓力就會發病。」

「壓力……」

大概是說中了吧。艾倫覺得愧疚，但還是對愣在原地的休姆提出交涉。

「這是我的猜測，如果要治好令堂的病，就必須先改變環境。」

「你的意思是我媽的病有得救嗎！」

「……和你的繼父保持距離如何呢？」

「什麼嘛，就這麼簡單嗎……」

知道有治好的希望後，休姆的眼神瞬間充滿希望，但沒過多久卻又變成消沉的色調。

艾倫因此感到困惑，而休姆在一陣躊躇後覺得似乎該說出口，這才慢慢開口說：

「我媽雖然再婚了，那個男人卻有正妻。都怪那個女人，害得我媽身心俱疲，現在經常臥病在床。」

「……」

「那個男人看不慣我媽整天躺在床上，也開始對她發脾氣，之後情況就一路惡化下去。可是我現在根本沒辦法替媽媽看診……甚至見不到她的人。」

「……所以你為了見令堂，才會對學院長言聽計從嗎？」

「………………」

休姆陷入了沉默，這代表答案是肯定的。

正因為他很確定學院長的計謀行不通，才會露出那種放棄一切的表情。

「休姆，我先跟你確認一件事……令堂對學院長……」

「拜託別鬧了，我媽現在還是很愛我那過世的爸爸。她會和那個男人再婚，真的只是為了我。」

「我知道了！那你家在哪裡？」

「……啊？」

「我現在馬上擄走令堂吧！」

「咦咦咦！」

「……慢著，艾倫。妳突然說這什麼話？」

羅威爾大概是受不了了，忍不住插嘴。只見艾倫若無其事地面向他說道：

「這是交易，而我們辦得到這件事。」

「呃，是這樣沒錯啦……」

「……交易？」

「休姆，我們領地人手不足，尤其是治療師。」

「呃……可是我好歹也是在宮廷執勤……」

「放心吧。就算去跟陛下說，他也會做出同樣的判斷。」

「什麼意思……？」

休姆跟不上艾倫的思緒，腦袋一片混亂。艾倫看了，笑著說：

「因為陛下想賣人情給我們。請你轉告陛下，如果他願意把你讓給我們，我們願意給他雙倍的藥。我想陛下大概會保留你宮廷治療師的頭銜，把你派遣到凡克萊福特領為我們所用。」

「這不就是偵察嗎！」

「是啊，但我們既不痛也不癢。對了，你也可以告訴陛下，我們明白他有那個意思。」

「……簡直亂來。」

「這樣的往來對我們來說很平常喔。還有啊，休姆，其實我們領地正在實行公宅這種東西。」

「公宅……？」

「我的意思是，如果你願意替我們工作，我們會負責準備你們的住所。宮廷也是這麼做的吧？」

艾倫這句話讓休姆非常驚訝。

在這個世界中，一個人要外出工作，光是要找到工作本身都很難了。凡克萊福特領因為移居人口持續增加，艾倫才會優先著手僱用問題。

「我們領地現在求藥的患者絡繹不絕，不只病床不夠，治療師也人手不足。為了在這種情勢下確保治療師人力，我們才會整頓出便於治療師工作的環境。」

休姆聽了艾倫的話，只是呆愣在原地，沒有插嘴，就這樣默默聽著。

「公宅有一定的大小，可以讓你和家人同住。」

「妳說的……是真的嗎？」

「是啊。大家都知道那一帶是治療師的住家，我們當然也有配置騎士作為警備。在我們領地，治療師和其家人皆備受尊敬。其中也有國外來的人，如果你有希望改善的部分，也可以協商……」

「我……可以和媽媽一起住了……？」

「我還可以跟陛下交涉，請他對學院長施壓喔。畢竟學院長想從我口中問出藥的製法，要是陛下知道他藐視王室，企圖問出製法，絕對不會默不吭聲。我想他們鐵定會被抄家。」

艾倫乾脆地說，讓休姆聽了泫然欲泣。他的嘴巴不斷開闔，腦袋混亂不已。

學院長的企圖已經被看穿了，陛下得知這件事也只是時間的問題。母親還留在貝倫杜爾的宅邸中，要是不做點什麼，他們母子只能等死。

「不過我覺得這些事情都可以事後再報備，我們現在就有能夠救出令堂的手段。」

「要怎麼做……？現在馬上？」

「你不是知道我們是精靈嗎？難道你忘了？我們會轉移呀。」

艾倫笑著這麼說，休姆這才想起此事。他睜大了眼睛，看著艾倫的眼神瞬間改變。

他就像苦苦哀求神明那樣，頂著一張泫然欲泣的表情，宛如抓著救命稻草般大叫：

「……拜託妳！算我求妳！救救我媽媽！」

「收到！」

知道交涉成立，艾倫滿意地笑了。羅威爾和凱在後頭看了都只能苦笑。

「沒想到她居然能在參觀治療科的途中把情報連根挖起，甚至成功挖角一位宮廷治療師……」

羅威爾聳了聳肩，在心裡默默想著：我真的沒辦法預測我家女兒會幹出什麼誇張事。

第十六話　救援作戰

艾倫在第一時間請羅威爾轉移到索沃爾那裡，麻煩他請索沃爾準備一間公宅，而且在公宅準備好之前，想借用宅邸裡的一間房間。

此外，艾倫還拜託他帶話給陛下。只要是羅威爾的請求，一下子就會解決，陛下也會馬上準備相關文件。

「受不了，艾倫就愛使喚爸爸。」

羅威爾說了聲「我走了」，就這麼轉移離開。接下來，艾倫呼喚凡回來，擬定拯救休姆母親的計畫。幸運的是，對方是學院長的妻子，他們一家人就住在學院的腹地外圍。

艾倫和休姆一組，凡和凱一組，兩組人馬轉移到能看見宅邸全貌的地方。

當艾倫說要從空中偵察時，凱和休姆都難以置信地看著她，他們只好先只上升一點高度當作測試。

順帶一提，凡帶著休姆，艾倫則牽著凱。

「要開始嘍！」

雙方開始慢慢向上浮起，凱和休姆雖然身體僵直，卻也逐漸習慣了。

艾倫配合著他們的步調緩緩升高，往宅邸上方移動。

凱和休姆動作僵硬，勉強睜著眼睛。

「休姆，令堂的房間在哪裡？」

「在……在三樓西邊的邊間……」

「換句話說，就是那扇窗戶吧？」

艾倫沒有先確認宅邸的全貌，只集中精神在把人搶回來這件事上。

轉移之前，艾倫先請凡確認那間房間周遭有沒有人的氣息，結果似乎只有　個人。

那大概就是休姆的母親吧。艾倫和凡面對面，互相點頭。

艾倫他們一瞬間就轉移到室內，室內傳出激烈的咳嗽聲，他們看見那裡有著一名面色蒼白，身體狀況似乎很不好的美麗女性。

「咳咳……」

「媽媽！」

「咦……？」

房裡突然傳出兒子的聲音，女人大概很是吃驚，因此不慎嗆到。

休姆急忙道歉，並撫著母親的背。

「對不起，我們突然來打擾。」

艾倫低頭賠罪，女人睜大雙眼，發出困惑的聲音說：「妳是……？」

隨後，她不斷左顧右盼，在一片混亂中詢問休姆是從哪裡出現。

「我叫做艾倫．凡克萊福特。」

「凡克萊福特……？是那個……製藥的……？」

對身體孱弱的人來說，凡克萊福特家之名或許會先讓他們想到製藥，而不是騎士或英雄的老家。艾倫不禁苦笑。

「沒錯。休姆的媽媽，如果不嫌棄，要不要來我們的領地療養呢？」

「咦……？」

「媽媽，我們不要再依賴那個男人了，好嗎？」

休姆一副快哭出來的樣子，牽起母親的手。

「我知道妳是為了我才會再婚，可是我不希望妳變成這樣。我只要能和媽媽在一起，就別無所求了……就算生活苦了點，我也不想和妳分開……那個男人不讓我見妳，我明明拜託他好幾次了……」

「休姆……」

「再這樣下去，妳會死掉的……算我拜託妳，不要丟下我……」

見休姆潸然淚下，母親小心翼翼地伸出手，然後抱緊他。

「真對不起……都怪我太軟弱了……」

「不是這樣，沒這回事，全都是那個男人不好。是他趁虛而入，把妳害得……」

休姆自知他就是母親的弱點，不甘地咬著嘴唇。

「其實凡克萊福特家的公主殿下正在募集治療師喔，然後我以宮廷治療師的身分被派遣過去……了嗎？然後……只要去那邊，我就可以和媽媽一起住了喔！」

休姆一口氣把事情講完，讓母親更加混亂了。

「總之，要不要先換個地方呢？要帶的東西只有這間房間裡的東西嗎？」

儘管混亂不已，母親還是對艾倫的提問表示肯定，說道：「是沒錯……」

「那麼我就把房間裡的東西一口氣轉移出去嘍！我已經拜託索沃爾叔叔，請他臨時空下宅邸裡的一間房間了！」

艾倫隨後補上一句：「硬是要他空下來了。」然後轉頭面對凡。

要把這麼多東西全送去凡克萊福特領，讓凡很是緊張，但他還是回答：「沒問題。」

艾倫的力量是從統治世界的母親那裡繼承而來，要多少有多少。她和凡手牽著手，閉上眼睛。

他們將意識集中在凡克萊福特家的宅邸後，腦海隨即浮現索沃爾和羅倫在客房一隅匆匆忙忙地對女僕和傭人下達指示的畫面。

這讓艾倫知道羅威爾已經事先疏通好了。既然如此，那就沒問題了。她這麼告訴凡，接著解放力量。

轉移在一瞬之間就完成。艾倫睜開眼睛，聽見索沃爾和女僕們驚嚇的尖叫從下方傳來。

艾倫他們將那間房間裡的傢俱連人一起轉移過來了。看著浮在半空中的艾倫他們、床鋪還有櫃子，索沃爾等人不禁愣在原地。

「叔叔！」

艾倫張開手臂，從空中投入索沃爾的懷抱。索沃爾雖然滿頭問號，還是接住她了。

「艾……艾倫……我會被嚇死，拜託妳別這樣……」

櫃子和床鋪緩緩落地。

休姆和母親坐在床上，抱著彼此，呆若木雞。

「對不起。對了，請叔叔趕快派治療師過來看休姆的母親。」

「呃……好……」

驚訝的情緒還沒完全散去，但索沃爾還是放下艾倫，然後對著坐在床上的休姆的母親打招呼。

「似乎嚇到你們了，我代姪女向你們致歉。我是凡克萊福特家的當家，名叫索沃爾。」

「您……您就是那位……！我居然用這副模樣……！」

「沒關係，妳別介意。我只從家兄口中聽了一點內情，他說妳是願意來我們領地工作的治療師的母親。」

「是……是的……？」

休姆的母親在困惑中打了招呼。

「我還沒自我介紹。我叫做莉莉安娜．貝倫杜爾……」

「貝倫杜爾？是那個伯爵家？」

索沃爾嚇了一跳，視線接著掃過四周的家具。那些全都是傭人使用的一般家具，實在看不出對方是伯爵家的人。

「……艾倫，這是怎麼一回事？」

「詳細情況我晚上再解釋，不過簡單來說，就是我從無良伯爵手中救出被幽禁的公主殿下了！」

「救……救出公主殿下……？」

「那……那個！是我拜託艾倫小姐的！」

休姆急忙向索沃爾解釋。

「哎呀？我好像在哪裡看過你……」

「好……好久不見。我是令嬡被擄走時，和殿下同行的宮廷治療師，我叫休姆……」

「…………」

這回索沃爾真的僵住了。當他思索著為什麼宮廷治療師會在這個地方時，他終於察覺那個說要來領地工作的治療師就是這個宮廷治療師。

「艾～倫……？」

「呀啊！」

「為什麼妳跑去學院，卻會把宮廷治療師帶回來啊……？而且貝倫杜爾不是代代管理學院的家系的名字嗎？」

沒錯，就是那個一直送信催促艾倫入學的家族。

艾倫應該是去跟他們的代表協商才對，卻帶了那個家族的太太回來，索沃爾覺得頭好痛。

「完全無法預料艾倫會做出什麼事情……」

「……對不起？」

要是自己的行動被看穿，那也是個問題，艾倫這麼認為，反省顯得漫不經心。

艾倫一邊這麼想一邊道歉後，索沃爾死心地嘆了口氣表示：「反正也不是第一次這樣。」

「啊——總之……羅倫，去請母親過來，這裡還是交給女性比較好。治療師也要請女性過來。」

「遵命。」

「妳說妳晚上會詳細說明對吧？」

「對。我們要先回學院，製造不在場證明！」

「不在場……？唉，算了。晚上一定要過來一趟喔，跟大哥一起過來。」

「好的。那休姆，我們先回學院吧！」

看艾倫和索沃爾不斷讓話題進展下去，休姆和莉莉安娜瞠目結舌。

「咦？咦？」

「接下來要回學院，請你按照一開始的計畫帶我們逛學院，這是為了向學院長證明我們一直都在一起。」

「呃，啊……我……我知道了。」

「莉莉安娜夫人，我們晚點再慢慢商談吧。來這裡是為了療養，請妳抱著這個想法，放鬆一點，不用擔心伯爵家的事，我會負責解釋的！」

「呃……好……？」

「放心吧，一切很快就會好轉！告辭！」

艾倫牽著凡的手，帶著凱和休姆瞬間轉移。

被留在原地的索沃爾等人只能疲憊地嘆氣。

＊

他們轉移回原本的地方。艾倫見休姆呆站在原地，在他眼前不斷揮手並叫著：「喂～」

他似乎還沒回過神來。

「你還好嗎？」

「…………」

「休姆？」

休姆轉動眼睛看著四周，發現這裡是他們剛才待的地方。

從這裡轉移出去是不到二十分鐘前的事。和剛才不同的地方，也只有前去向陛下解釋的羅威爾還沒回來而已。

「……是夢？」

「這不是夢喔。莉莉安娜夫人在我們的宅邸裡。」

「騙人……這麼……這麼簡單就……」

「我想學院長大概會氣瘋吧，不過我們還會給他更多打擊，他或許會鬧得一發不可收拾。現在已經讓令堂避難了，所以目前不會有問題的！」

「…………呵……」

見休姆突然發出笑聲，艾倫不解地歪過頭。

「公主殿下，妳到底是怎樣啊！」

「咦？」

「妳真的……這麼快就實現我的願望……這麼輕鬆……我明明煩惱了那麼久……」

休姆的話語漸漸微弱，並開始啜泣，艾倫於是輕輕遞出手帕。

她以為休姆伸出手是要接過自己的手帕，沒想到卻是抓住了自己的手臂。

艾倫瞬間被抱在休姆懷裡，瞪大了眼睛，全身僵硬。休姆一邊哭泣，一邊不斷向艾倫道謝。

「臭小子——！快放開公主殿下！」

下一秒，激動的凡把休姆拉開。休姆放手後，艾倫依舊愣在原地，凱馬上將艾倫護在身後，雙眼直瞪著休姆，但站在凱身後的艾倫並未發現。

「受不了！真是一點也大意不得啊！」

凡豎起全身的毛發怒，抓住休姆的領口，休姆卻一邊哭，一邊忍不住笑了出來。

「啊……聽人家說高興也會流眼淚，原來是真的啊……」

休姆彷彿置身夢境般說著。艾倫雖然有些吃驚，依舊表現得若無其事。

「總而言之，休姆，不管學院長問你什麼，都麻煩你裝作不知道。他大概會去找突然不見的莉莉安娜夫人，但要是被你知道這件事，他就沒辦法繼續控制你了，所以他應該不會說出莉莉安娜夫人的事。為了能確實拯救莉莉安娜夫人，在我們準備好之前，請你幫我們爭取時間。」

「……嗯，那當然。這是為了我媽嘛。」

「事情就是這樣，麻煩你繼續帶我們參觀治療科！」

看見艾倫表現得若無其事，休姆在驚訝之餘，依舊苦笑。

「妳這個公主殿下真是……」

「怎麼了？」

「…………妳為什麼要幫我？我好歹也是王室那邊的人，而且還是學院的人耶。我應該是敵人吧？」

「敵人的敵人就是自己人？」

「咦……」

「難道你忘記我是基於交換條件才會幫你的嗎？我們的交易成立了。如果你感謝我們，就請你務必誠心誠意地工作！啊，還要提供情報！」

艾倫笑著說，休姆聳了聳肩，小聲說：「敗給她了……」

要是以善惡來判斷整件事，然後無償付出，又會有像艾伯特那樣因為感到壓力而始終介懷的人出現。而且，世上還有像學院長那樣狐假虎威、仗勢欺人的人。

所以艾倫不能留下猜忌的種子，要互相尊重，沒有後顧之憂，並宣稱自己只是為了追求利益。

「啊……原來如此。我好像明白妳有辦法和陛下抗衡的理由了……」

「……好奇怪，我一點都感覺不到你是在誇獎我。」

休姆一邊笑，一邊接著說：「這是誇獎啊。」面對這句話，艾倫疑惑地和凱他們跟在休姆身後繼續往前走。

然而，她並未發現休姆還小聲說了一句：「也苦了殿下……」

休姆繼續帶領他們參觀，艾倫等人也跟著他走。庭園的小徑逐漸變成石板路。石板路旁有一條小小的水路，很像日本在田地旁設置的水路，艾倫總覺得好懷念。

「這是從湖泊引來的水，剛才的庭園也會使用湖水。」

「哦哦……」

艾倫雙眼一亮，認為這裡的設備很齊全。

開關水路的技術也是。這個世界基本上是使用水井，從水井打水才是普通的做法，所以像這樣開關水路的想法可說是少見。

這讓艾倫對前面的藥草栽培地更有興趣了。

＊

見羅威爾突然出現在拉比西耶爾的辦公室，近衛們瞬間握住劍柄，擺好了架勢。

「羅威爾，你再不事先知會一聲就跑來，總有一天一定會被這幫傢伙砍死喔。」

「好久不見了，陛下。我只打算出現在陛下的所在之處，只要陛下阻止他們就沒問題了。」

「還真敢說。」

拉比西耶爾笑著吩咐近衛退下，但他的視線和手依舊不離文件。

「所以你有什麼事？」拉比西耶爾反問，羅威爾也單刀直入地說：

「艾倫想要陛下底下的一個宮廷治療師。」

「……哦？艾倫會拜託我，還真是稀奇。說說看吧。」

「她說要是陛下同意，交易的藥量她可以給到雙倍喔。那個治療師的名字是休姆。」

「啊哈哈！」

拉比西耶爾突然大笑，羅威爾卻嘆了一口氣說：「我就知道你會笑。」

「我很器重他，如果艾倫可以接受派遣形式，那我就准了。」

「我就知道陛下會這麼說。應該說整件事情真的完全如艾倫所想，太可怕了。」

「……你的女兒真的很難對付，我反倒很慶幸是你來，不然追加的藥量可能會比兩倍還少。」

「啊……小女確實可能趁機討價還價。」

「唉，就這樣吧。只要我發人事命令給休姆就行了嗎？」

「啊，小女還說要把治療師的母親一起接過來。」

就算拉比西耶爾再怎麼從容，這下還是停下筆，不再書寫了。

「……我記得他們家是貝倫杜爾吧？」

拉比西耶爾困惑地皺起眉，羅威爾卻只是聳了聳肩。

「其實學院長想讓艾倫入學，一直捎來聯絡，實在煩人。所以，我調查他到底想做什麼，結果發現他居然想探聽藥的製法，而且好像還有跟他國串通。」

「我是知道他惹火了我和艾倫啦，可是為什麼會想到要招攬治療師啊……艾倫真的很有意思。」

拉比西耶爾露出不懷好意的笑容，拿起一旁的白紙，開始流暢地書寫。最後他署名，放入信封，再蓋上封蠟。

「把這個交給貝倫杜爾。」

「感謝陛下。」

「因為我已經親身體會到惹火艾倫有多可怕了嘛。對了，你們在學院見過我兒子們了嗎？」

「沒有。」

「……哦？」

見拉比西耶爾那抹富有深意的笑容，羅威爾不禁皺眉。

「我怎麼可能讓他們靠近，不是嗎？」

「就是有可能啊。這樣啊，原來沒有啊。」

拉比西耶爾不知為何自己結束話題，那讓羅威爾有股不祥的預感。

「啊，對了。」拉比西耶爾本想回到原本的工作中，卻突然停手，再度呼喚羅威爾。

「如果可以更動藥品比例，麻煩止痛藥多一點。」

「怎麼了嗎？」

「那個很有效。」

「哎呀，陛下有哪裡不適嗎？」

「頭痛。睡前吃就會睡得比較好。」

「……陛下應該沒有配酒一起服用吧？」

「…………」

羅威爾問完，拉比西耶爾直接別過頭，回到工作上。

「如果陛下不想死得太早，請絕對不要配著酒一起服用。另外，要是太常吃，不只胃會不舒服，藥效也會越來越弱。」

「……是這樣嗎？」

「艾倫說過會產生抗藥性，也就是身體會習慣那種藥。」

「……這樣啊。」

拉比西耶爾不經意表露出惋惜的樣子，令羅威爾有些驚訝。他不禁懷疑自己的眼睛，思索拉比西耶爾的個性有這麼老實嗎？

羅威爾一想到或許是艾倫將陛下矯正成這樣，就不禁覺得自己的女兒很可怕。

「啊，對了。試試索沃爾也在做的那個如何？」

「那個？」

「這是小女的提案。擦身體時，不是會把布浸泡在熱水裡，然後扭乾使用嗎？先準備稍微燙一點的熱水，把布打溼擰乾之後，蓋在眼睛上。」

「……眼睛？」

「先躺在床上，然後像這樣用布蓋著眼睛會很舒服喔。舍弟原本不只失眠，甚至有淺眠的毛病，用了這個方法瞬間就睡著，我看他都快上癮了。」

試試看吧——羅威爾留下這句話，就這麼消失。

拉比西耶爾聽完，陷入短暫的沉思，隨後還是決定休息，並搖鈴呼叫僕從入內，吩咐他們準備羅威爾說的東西。

他躺在沙發上，將布蓋在眼睛上，之後的事讓一旁的近衛們很是訝異。

他們大聲呼喚拉比西耶爾，他卻因為太過驚訝而忘了要回應。

「……這是……」

拉比西耶爾忍不住起身，直盯著手裡發熱的布看。

後來，他留下一句「我稍微睡一下」，再度把布蓋在眼睛上，接著記憶就中斷了。

拉比西耶爾對瞬間睡著的自己感到驚訝，而且拜休息了一會兒所賜，頭痛已經緩和，眼睛也沒那麼疲勞了。

拉比西耶爾不禁想：「這搞不好對肩膀痠痛也有效？」結果，後來近衛撞見他脫下衣服，赤裸上身的模樣，不禁慌慌張張地大叫：「陛下瘋了嗎！」

和索沃爾一樣，這是上癮之人出現的瞬間。

第十七話　虎之耳

一行人被帶到了某個庭園，當艾倫正興奮地四處張望時——

她的腳下一陣不穩。

「公主殿下！」

就在艾倫重心不穩，即將摔倒時，凱眼明手快地抱住了她。凡晚了一步，臉上表情極為猙獰，但艾倫並沒有發現。

「您還好嗎？」

「謝……謝謝你……」

凱笑著，輕輕把艾倫放下來。

「您要是一直看著別的地方，會絆到腳喔。」

難得看到凱嘻嘻笑，艾倫在驚訝之餘目不轉睛地盯著他看。

「啊……那個，不好意思，我居然笑您。」

「咦？啊，對不起。」

嘴巴上說著對不起，艾倫依舊看著凱，凱的臉頰因此慢慢變紅，最後開口問：「怎麼了嗎……？」

「只是覺得你好難得會笑。」

「啊……因為……我是護衛。我必須繃緊神經。」

護衛似乎都被訓練得不太表露感情。

「這樣啊。」

「那……那個，艾倫小姐，就算您用這麼閃閃發亮的眼睛看著我，我也不會再笑了喔。」

「咦～？」

艾倫開心地笑著，凡卻再也無法忍受了。他硬是拉開凱，並咆哮：

「小子，你救了公主殿下值得褒獎，可是不要過度接近公主殿下！」

凡大吼，彷彿發出了野獸的威嚇聲。他就這麼將艾倫推到自己身後，那讓艾倫不斷叫著：「我看不見凱啦！」

「……你們一直都這樣嗎？」

一旁傳來休姆傻眼的聲音。艾倫等人面面相覷，同時回問：「一直都這樣嗎？」休姆聽了，覺得他們的感情真的很好，忍不住笑了。

「對不起，讓大家停下腳步了。我下次會小心不要跌倒。」

艾倫道了聲歉，再度舉步，卻感覺到了一絲異樣。

（……？）

總覺得有股渾身發軟的感覺襲來，是多心了嗎？

艾倫跟著休姆一起往深處走去，通過森林小徑後，他們來到一處開放空間。

前方有一座偌大的湖泊，為了不讓學生闖入，旁邊設置了柵欄。

柵欄前有個類似蓄水池的小型人工池，剛才的水路就是從這個人工池延伸出去的。

「這真是非常……」

這是經過計算才開闢出來的田地，而且一旁還有類似糧倉的小屋。田埂以同等的間隔分隔出田地，田裡有著以不可思議的方法栽種的植物。

「這些……為什麼要圍繞著田地種植呢？」

「那個叫做卡蓮，是一種氣味強烈的植物，可以拿來驅蟲。」

「原來還有這種植物啊。」

艾倫聞過這種氣味。但她很驚訝，她沒想到原來這種獨特又強烈的氣味還有這種用途。

雖然名字不一樣，但這個是天竺葵吧。艾倫從來不知道天竺葵還有這種功用。

遇見和地球相同的植物讓艾倫想起了從前，覺得很懷念。她陷入一種彷彿漸漸褪色的記憶再度復甦的感覺，總覺得有些寂寥。

「公主殿下？」

凡是最早發現艾倫心不在焉的人。但艾倫搖搖頭，笑著說沒什麼，之後突然發現泉水旁

的樹木之間長滿了她從前見過的某種植物。

圓形的葉子密集地覆蓋著地面，纖細的棕色莖向上伸展，並開著許多白色的花。

艾倫被吸引過去，休姆也開口說明：

「那是雪之葉。它們喜歡溼地和陰影，可以用在很多地方喔。把葉子搗碎塗在患部可以消炎，配水喝還可以治感冒，曬乾之後可以做解毒劑，所以治療師的弟子們都是從栽培這種植物開始學。」

休姆解釋這種植物是基礎中的基礎，但艾倫在懷念之下不禁大叫：

「是虎耳草——！」

「虎……耳……草？」

艾倫叫著好懷念，忍不住蹲下來觀看。

九州的外公外婆總是小心照料著這種植物。他們說這是民間用藥，所以她記得從小只要不小心擦傷膝蓋，他們總會徒手揉碎葉子，然後直接塗在傷口上。

還有魁蒿也是。她說：「對了，魁蒿也很棒，沒有那個嗎？」然後像尋寶一樣睜著發亮的雙眼環伺四周，不斷尋找。

虎耳草的葉子也可以做成天婦羅食用。可以吃又可以當成藥的東西真的很棒。

「公主殿下很熟悉這種植物？」

「我認識的人有在種，所以知道一點！」

「如果是凡克萊福特領，有那麼多治療師，應該種了很多吧？」

「啊……其實我有在極力避免跟人扯上關係，因為傳言都說我會給藥。」

「……原來是這樣，抱歉。」

「沒關係。不過好懷念喔。那個人跟我說這叫虎耳草，可以吃，又能做成藥。然後虎耳草的意思是老虎的耳朵……」

就在艾倫正要說出葉子的形狀很相似的瞬間，她的身後傳來一聲哀號，她忍不住回頭。

只見凡雙手放在頭上，似乎想遮住什麼東西。

「凡……？」

「公、公主殿下！吾的耳朵可不能吃喔！」

凡不斷搖頭，臉色發青。或許是驚嚇過度了，仔細一看，凡的頭上冒出了一對耳朵，尾巴也炸毛，表示警戒。

艾倫下意識露出不懷好意的笑容，凡見狀嚇得以高亢的聲音大叫：「公、公主顛下！」

又不是在學艾許特——艾倫想著，忍不住大笑。

「開玩笑的啦～虎耳草的意思，是葉子的形狀很像老虎的耳朵。你看，像嗎？」

艾倫指著較大片的葉子說。這時，休姆直接摘下兩片大小相同的葉子放在艾倫頭上。

「啊，真的耶，好像耳朵。」

休姆開心地笑著，凡在一旁也欣喜地表示：「跟吾是一對呢！」至於凱則目不轉睛地看

著艾倫，然後笑著說出宛如投下炸彈的發言：「您很可愛。」

搞什麼啦，這又不是角色扮演——當艾倫這麼想，反射性要拿下被固定在頭上的葉子時，休姆眼明手快地抓住她的雙手。

「不行喔，公主殿下。」

「呀啊啊啊啊！等等，這是怎樣？很丟臉耶！」

儘管艾倫拚命叫著「別鬧了」，休姆卻始終笑得不懷好意。凡顯得很開心，凱也莫名笑得燦爛。

艾倫感覺得到自己的臉逐漸羞紅，甚至紅到耳根子去了。

就算後來發現只要晃晃腦袋就行，她卻因為太過害羞而只能僵在原地直發抖。這時候，她的身旁出現一股氣息。

「你們正在對我家的公主殿下做什麼啊？」

羅威爾釋放出難以言喻的威壓，嚇得休姆瞬間放手。

正當艾倫想用重獲自由的手揮掉葉片，卻又被羅威爾抓住。

「我家女兒怎麼又變得更可愛啦？」

面對羅威爾滿面的笑容，艾倫忍不住在心中吐槽：「你也跟著他們鬧嗎！」

然而羅威爾似乎注意到了艾倫的異狀，立刻放開她的手，突然一臉認真。

艾倫看準時機，立刻扯掉頭上的葉子，本想吼聲「討厭！」叱責休姆等人，眼前卻突然一陣歪斜。

「哎呀。」

羅威爾眼明手快地撐住艾倫的身體。他一邊詢問：「怎麼了？」一邊把手放在艾倫額頭上，接著開口說：「果然很燙。」

「……咦？」

「艾倫，妳做了什麼？妳發燒了喔。」

羅威爾抱起艾倫，然後彼此互碰額頭，艾倫這才感覺到羅威爾的額溫確實比較低。

「啊！該不會！」

凡慌慌張張地報告剛才的事。聽完後，羅威爾皺著眉頭，再次確認：「整間房間的東西？」

「艾倫，妳用了那麼多力量，當然會變成這樣……為什麼要這麼亂來？」

羅威爾嘆了一口氣說：「我一不在，妳就這樣……」

「對……對不起……」

艾倫似乎是對自己的力量太有信心，因此過度使用了。她完全忘記製作藥品時，她也總被羅威爾制止，並被他告誡：「一天只能做這麼多。」

「今天就到此為止。凱，你去告訴學院長，說我們要暫時借走休姆。」

「遵命。」

「我……我也要嗎？」

「你是治療師吧？既然這裡有身體不適的人，你在也很正常……我是很想這麼說，但現在必須考慮到艾倫馬上回到了這裡這件事。我們要捏造事由，證明我們根本無暇把你的母親藏起來。」

休姆聽了，急忙低頭道歉：「非常對不起。」

這都是為了實現他們的願望，他很愧疚讓艾倫因此倒下。

「艾倫，妳先睡一下吧。到了晚上，爸爸就帶你去索沃爾那裡。」

「好……」

艾倫說完，放鬆了全身的力道，直接靠在羅威爾的肩頭，彷彿身體在訴說著已經到達了極限。

艾倫就這樣陷入沉睡。

見艾倫突然睡著，凱等人都感到心慌，不知道她有沒有大礙。

「你們兩個……拜託再多一點阻止艾倫的警覺心。」

「非常對不起。」

「有吾跟著還這樣……」

「我已經說過很多次了，艾倫會下意識亂來。她一個沒弄好，絕對都是大事。一旦使用力量，就得付出等比例的代價。如果可以靠談話就解決還算好，就是因為一用力量會變成這樣，我才不想讓她和人界扯上關係……」

羅威爾撫摸著艾倫的頭，他的言語裡充滿對女兒的慈愛。

「休姆，等你回城，應該就會接到陛下的人事命令了。另外，關於你的母親……」

「是……是。」

「你還是勸她盡快離婚吧。」

「現……現在馬上？如果可以，我也希望如此，可是為什麼……？」

「那個男人私底下在幹什麼，我都報告給陛下知道了。陛下直接說了，他已經惹火陛下和艾倫，你的父親即將受到制裁。」

「啊……」

「陛下很器重你，所以應該會等一段時間，避免你惹禍上身，但我勸你還是動作快。今晚我們會商討這件事，你也一起到場。」

「好……好的……」

休姆太過驚訝，說不出「好」以外的言語。他知道想問出藥品製法的繼父在背地裡進行某種不得了的大事，也知道那個人甚至勾結他國，走漏情資。

陛下的動作如此明顯，在那個瞬間，等於已經被判了謀逆罪。

「要是對艾倫出手就會變成這樣，你好好記住了。」

就這樣，羅威爾表示要先回客房，直接轉移離開。

被留在原地的人只能面面相覷。

「吾要去收集情報，你們馬上趕回公主殿下身邊。」

「知道了。」

「啊，在那之前，先讓我配一下草藥……呃，可是對公主殿下有效嗎？她是精靈吧？」

「公主殿下身上流有人類的血，應該有效吧。」

「這樣啊。那……」

休姆看著虎耳草說：「那就這個吧。」

「吾先走了，你們晚點跟上。」

凡留下這句話便離開了。剩下的兩個人互相對看，說了一句「待會兒見」，隨即分開。

剩下自己一人的休姆往糧倉走去，從裡面取出曬乾的虎耳草，接著喃喃說道：

「要是對艾倫小姐出手就會變成這樣……」

他的繼父想知道艾倫那些藥品的製法。艾倫說了，陛下絕不會默不吭聲。

但事情嚴重到會馬上受到制裁，到底會是什麼事？休姆轉動腦袋思索，最後終於發現事情有多麼嚴重。

「難道他真的想把公主殿下的藥給其他國家……？」

艾倫的藥是國家的利益，他也聽說現在其他國家已經送來大量書信，表示想用各種東西換取艾倫的藥。

學院長從頭到尾都只要休姆調查藥品，但休姆知道學院長會透過學院和他國交流。

休姆這才察覺，學院長是企圖拿到藥，然後走私到國外。這光想就讓他頭皮發麻。

「但這是為什麼……那傢伙受到制裁，我應該要開心啊……」

休姆確實受過那個男人幫助，但在之後，他明明持續看著母親受苦，對他恨之入骨，現在卻不知為何開心不起來。

他這一路走來，都是為了能早日獨立，然後幫助母親。

他原本計劃畢業之後，就要在王都租一間小小的房子和母親一起生活。只要能離開那個男人就好了……

「只要能離開他就好了……」

那男人日後會變成什麼樣子根本不關他的事。儘管休姆恨到想殺了他，卻也蒙受了他的恩惠。所以，休姆原本想把他當成墊腳石。

「感覺媽媽聽了也會露出複雜的表情……」

休姆苦笑著。畢竟不管怎麼說，他們確實受過繼父幫助。

第十八話　預兆

終於收集完情報的賈迪爾在自己的房內嘆了一口氣。

他已經徹底查清學院長周邊的人事物，發現他不只勾結他國，甚至還有轉手艾倫的藥等等各種計畫。

他已經掌握了某種程度的證據，查出所有幫助他的貴族們，但這些事情遠遠超出他能在學院行動的規模，因此他先請求了陛下協助。

「…………」

能用的棋子太少了，他突然這麼想。

無關年齡，如果是陛下陷入這樣的事態，拉比西耶爾會用自己的能力平息一切。正因為賈迪爾明白這一點，才更清楚自己的不足之處。

（不能再這樣下去了……）

他深感過去的自己有多麼天真。

如果是現在，他就能懂為什麼當初拉比西耶爾會派他去凡克萊福特領。

身為一個王族，他對自己過去所有面對艾倫的行動感到可恥無比。

「……唉。」

佛格首先發現賈迪爾的嘆息，默默將紅茶放在賈迪爾身旁。

「啊，謝謝了。」

「殿下，您要不要休息一會兒？您是不是從昨天開始就沒睡多少？」

「不了……也對。稍微休息一下吧。」

賈迪爾伸手拿起紅茶，佛格則動手收拾散亂的資料。賈迪爾一邊看著，一邊悄悄呢喃：

「我的行動是不是很噁心啊……」

聽見賈迪爾這麼說，佛格拿在手上的資料頓時落到地上。紙張全散落在地。佛格難得表露心中慌亂，賈迪爾看了，將這種反應視為肯定的回答，於是屈膝坐在沙發上，開始沮喪。

「啊，不是，那個，殿下……」

「不，沒關係……之前已經有人客觀地這麼告訴我，我也注意到了……」

「殿……殿下……？」

艾倫一定也是這麼想。因為當賈迪爾想接近她的時候，她總是會害怕地逃走。

（不對，可是當她來到我的房間時……）

賈迪爾想起艾倫說過的話——若是距離較遠，他們要說說話也沒有關係。如果艾倫討厭他，一開始就不會進入他的房間吧？

「………」

賈迪爾不想承認自己被討厭，因此艾倫這樣的舉動給了他一絲希望。

「殿下！不好了！」

勒貝突然闖進房裡，賈迪爾嚇了一跳。

「等……您怎麼這樣坐在沙發上啊！」

聽見勒貝這道傻眼的聲音，賈迪爾才想起自己雙手抱著膝蓋坐在沙發上。他一邊清了清喉嚨，一邊端正坐姿。

「別想太多。別說我了，發生什麼事了？」

「啊！對！不好了，艾倫小姐昏倒了！」

說時遲，那時快，賈迪爾從沙發站起，準備奪門而出，卻突然僵在房門前，動也不動。

「您……您怎麼了嗎？」

賈迪爾的舉動讓勒貝等人很是驚訝。

「……艾倫的情況如何？」

「聽說是發燒昏倒，現在已經回到房間，羅威爾大人正在照顧她……」

「知道了。你們哪個人幫我送個慰問禮過去。」

「不是，啊……什麼……？」

賈迪爾知道勒貝是想問自己怎麼不去，不禁苦笑。

「因為我被詛咒了啊。既然艾倫身體不適，那我就更不該接近她。」

「……殿下？」

到底是怎麼一回事——勒貝不斷盯著佛格看。但佛格只是默默搖頭。

「啊，我忘了還有一件事。」

「……什麼事？」

忘了是什麼意思啊——正當賈迪爾傻眼地這麼想，勒貝一邊嘆氣一邊做出報告。

「拉菲莉亞小姐有麻煩……」

賈迪爾露出「她這次又做了什麼」的表情。

當他問清事情始末，便抱著頭倒在沙發上。

*

另一方面，羅威爾回到房間，讓艾倫躺在床上，將手放上她的額頭。

艾倫的額頭非常燙，就和她以前製藥時相同，羅威爾於是拿出艾倫的退燒藥，將之分成三等份想餵她吃，但艾倫卻不睜開眼睛。

「艾倫？吃藥嘍。」

雖然有在呼吸，身體卻一動也不動。見女兒如此，羅威爾逐漸開始失去冷靜。他拿布浸

在冷水中，然後擰乾，放在艾倫的額頭上，但額溫一下子就轉移過去，布很快便變得不再冰冷。

其實奧莉珍也想來到艾倫身邊，但只要她一進入學院，四周馬上就會發生異變，羅威爾只好請她稍等。

為了在房內設下結界，羅威爾開始集中精神。這時，他突然想起艾倫說過的話——到處都感覺得到氣息。

（我原本以為地下有很多精靈……說不定是很小的力量分散在四周……？）

羅威爾似乎發現了什麼，結界也正好完成，於是他呼喚奧莉珍。

「奧莉！」

語畢，奧莉珍隨著一句「親愛的～！」現身。就在羅威爾想請奧莉珍替艾倫退燒的瞬間，近距離看著艾倫的奧莉珍吃驚地大叫：「艾倫！」

「不好了……！」

奧莉珍平常總是漫不經心，現在卻慌慌張張，讓羅威爾也很吃驚。

當他不解地詢問到底怎麼了時，奧莉珍以沉重的表情說道：

「你冷靜一點聽我說喔，艾倫的靈魂不在這裡。」

「靈……？」

「就是一種類似核心的東西。再這樣下去，她會有危險。」

「什……」

見羅威爾心生動搖，奧莉珍快速往下說：

「親愛的，我知道這樣很辛苦，可是麻煩你在整個學院設下結界。你就把靈魂當作和魔素一樣的東西。我希望你讓艾倫離開這裡。」

「但……離開……？」

「親愛的，冷靜一點。我馬上就把大精靈們帶來。在我們尋找艾倫的時候，你要保護好艾倫的身體。」

「…………」

「親愛的！」

奧莉珍用力拍打愣在原地的羅威爾的臉頰。

「現在不是發呆的時候了！要是由我張設結界，力量會太強，搞不好會壓垮學院，所以你快點！」

「我知道了……！」

羅威爾快速張設結界覆蓋整座學院。奧莉珍留下一句「我得快點」便消失了。

羅威爾呆站在原地，然後看向面色潮紅的艾倫。

「危險……？」

艾倫正痛苦地喘著氣。儘管羅威爾多次呼喚她的名字，她還是癱軟在床上，沒有清醒的跡象。

「艾倫……！」

羅威爾悲痛的叫聲就這麼響徹整個房間。

第十九話　潛藏在學院的東西

艾倫陷入一種隨波蕩漾般的輕盈感覺中。

她剛才應該在羅威爾的懷裡睡著了，但不知為何，現在她的眼前竟是一片蔚藍的大海。

她無法擺脫這種恍如夢境的飄忽感。儘管頭腦還處在剛睡醒時特有的朦朧中，她還是為了確認所在地而起身，眨了眨眼睛。

（……在天上？）

腳下有著疑似學院的建築物，和她在腦中立體化的模型一模一樣。剛醒來時以為是大海的東西，似乎是這片晴朗的天空。

艾倫滿腹疑問地低頭看自己。不知怎麼了，她的身體竟呈半透明狀態。

（……夢？）

她仔細盯著自己的手，歪頭思索，腦袋依舊朦朧不已。

是夢啊——她呢喃著，然後望向腳下的城堡。當她茫然地想著這座城堡果真很大時，城堡各處突然冒出一顆顆紅色細小的微粒，慢慢噴往空中。

（……那是什麼？）

她想靠近看，身體以浮在空中的感覺順利移動，讓她毫無窒礙地來到了微粒旁邊。細小的微粒一顆顆從城堡各處噴出，一碰到就會淡化消失。

艾倫順著微粒的流向來到噴出口。沒想到，那裡竟然是她感覺到有異的空間。紅色粒子從各塔的兩處飛出，穿越牆壁飄舞著，數量多到足以覆蓋整座學院，並慢慢隨著時間融入空氣當中。那些細小的粒子看起來就像包覆著整座學院。

（等等，這是……）

艾倫有種不祥的預感，為了確認而再度回到上空眺望城堡，發現城堡中央有個噴出最多粒子的場所。

這些紅色粒子有種討厭的氣息，這是那時候感覺到的精靈的氣息。可是，那實在太過微弱，精靈的氣息完全分散開來，就像這一顆顆粒子一樣小。

艾倫這才明白，學院四處之所以都有細微的氣息就是因為這樣。想通之後，她的腦袋開始急速冷卻。

她用本能感覺到了。這些粒子全是魔素，也就是──組成精靈素體的魔素粒子。

（等等……等一下……這些全部都是「一樣的東西」……！）

眼前這些粒子瞬間變成可怕的東西。她的手開始顫抖，全身也發出冷顫。那讓她心慌，不知該如何是好，而且她也不知道自己為什麼會變成半透明的存在，還在天上飄。

她不知道發生了什麼事，正想呼喚奧莉珍的時候……卻作罷。

（這說不定只是一場夢，可是剛好作了這種夢也很奇怪……我現在看得見之前看不見的東西……只要順著這些東西找下去，搞不好就會知道精靈在什麼地方了。）

艾倫咽下一口唾液，然後用力拍打自己的臉頰。雖然完全感覺不到痛，她還是叫了聲「好！」替自己加油打氣，然後快速前往城堡中心。

現在正好是中午，人們喧囂的聲音逐漸靠近。艾倫幾乎不曾在羅威爾不在的時候靠近人類，因此她在驚嚇之餘躲在陰影處，偷偷摸摸地移動。

她好幾次和人類四目相交，以為被發現了，但她的身體現在變成了半透明，人類似乎看不見她。這樣至少讓她鬆了口氣。

她降落在騎士塔旁，那裡有個類似教堂的建築物，是位在騎士塔北方的中央教堂。艾倫越是靠近那裡，四周就越紅。教堂的大門開著，艾倫四下張望，就這麼偷偷潛進去。

裡面的構造和她在地球上見過的教堂沒什麼不同。天花板很高，中殿的走道鋪著一條紅地毯，椅子面對深處的祭壇以同等的間隔擺放。

這時，艾倫將目光投在祭壇後的女神像。雖然不怎麼像，但那充滿慈愛的女神正是以母親奧莉珍為形象仿造。

石像的手伸向天花板，做出獻出某種東西的動作。那些紅色粒子就是從那隻手噴出。

（就是這座石像……？）

艾倫皺起眉頭，不知道這是否和大精靈有什麼關聯。這時候，她發現教堂的構造有個很

奇怪的部分。

她總覺得祭壇前中殿走道的某個部分十分耐人尋味。

（難道說……）

艾倫輕盈地往那個地方飄移。她發現一旦碰觸到椅子，手就會穿過去。

如果想直接站在地板上，身體不知為何會受到反彈，又飄回空中。發現這件事後，艾倫一邊苦戰著，一邊慢慢將手伸向地板。

她思索著那是什麼，把手伸向在意的地方，但她發現自己的手穿過去了。

（隱藏式階梯……？）

看來中殿走道的地毯下方隱藏著階梯。

艾倫再度咽下一口唾液。要是現在退縮，說不定就沒辦法得到情報了。

她腦中的警鐘從剛才開始就不斷響著，同時隱約理解到能這樣的時間已經不多。

（我得過去……！要過去！）

艾倫替自己打氣，心一橫往前衝，身體便順利穿過通道，一瞬間來到一個昏暗的場所。

（……呃！）

眼前一片漆黑，讓她差點叫出聲音來，但最後還是盡力忍住。她一邊看著腳下的階梯，一邊緩緩飄移。

她原本以為這裡是一片漆黑，卻多虧密集的紅色粒子發出光芒，能勉勉強強目視。

這種感覺就像一個人闖鬼屋一樣。艾倫一邊想著以後絕對不要再有這種經驗，一邊鼓勵自己走快點。

紅色微粒是塊狀魔素，而且噴得到處都是，這讓艾倫的腦海閃過從前觸碰到賈迪爾時，烙印在腦中的光景。

走完冗長的階梯後，艾倫看見一片空間。這裡像是有點寬廣的廣場，地板寫滿令人毛骨悚然的文字，紅色微粒從磚頭砌成的溝渠湧出，流向四方。

艾倫一邊撥開紅色微粒一邊慢慢往前。當她看到眼前的光景，全身不禁凍結。

有個大精靈被固定在牆上，鎖鏈綁著他的手腳，身體各處都插著管子，讓他不斷流出鮮血，全身癱軟。

艾倫的喉頭發出悲鳴。那是一道不成聲的悲鳴。

艾倫在那個時候見過這種樣貌。她這才察覺，這是王室為了打開門扉，將精靈綑綁、禁錮的魔法。

她急忙來到精靈身邊試著拔掉管子，解開鎖鍊，但不管怎麼做，手總是會穿過去，令她絕望不已。

（不要！不要不要不要啊！）

眼淚不受控制地流出。眼前的光景和記憶中的景色重疊，使她的喉嚨不斷發出悲鳴。全

身癱軟的大精靈是個男性。儘管穿著奢華的衣服，從身上噴出的血卻將之染成鮮紅。

那頭比他的身高還長的頭髮和母親一樣是白金的顏色。那頭長髮就這樣散落在地板上。艾倫非常焦急，心想著：「一定要救他，一定要救他！」她淚如雨下，但無論是她的手還是眼淚都像轉瞬便消失的存在，全部穿透過去，只留下了絕望。

（該怎麼做才能變回原本的身體！）

艾倫焦急得直流淚。這時，男精靈的頭動了。

他慢慢抬起頭來，露出蒼白的臉龐。他接著慢慢睜開眼睛，艾倫見了屏住呼吸。他的眼睛和奧莉珍一樣，是一雙紅色的眼睛。

男精靈的容貌和奧莉珍有幾分相似，非常俊美。

「……女神的……氣……息……？」

他喃喃道出話語，卻沒有一點霸氣。艾倫只是一直哭泣，不知該怎麼做才能救他。

「……女……神……」

大精靈似乎發現艾倫了。他看著艾倫顯得驚愕，有些不合時宜的表情。

「小小的……女神……？」

面色蒼白的大精靈看著一滴滴斗大的淚水從艾倫那雙寶石般的眼眸流下，開心地笑著說：「妳好美。」

後記

第三集了。我是最驚訝的那個人。

這本小說會和SQUARE ENIX發行，由大堀ユタカ老師描繪的漫畫版第一集一起發售

（註：此為日文版出書情況）。

不愧是以高品質著稱的畫技，品質真的很高！

艾倫他們在動……！艾倫的呆毛在動啊！

另外還有讓人忍不住想說：「這是獎賞嗎！」的膝蓋。真棒耶，膝蓋（滿面笑容）。

看了漫畫的封面，我想大家都會發現，其實畫得非常忠於原著。

插畫大師精湛的畫技表露無遺，還設計成這麼高品質的成品，我和責編K大人都感激地

驚嘆：「居……居然這麼精美！」

若大家能購買，我會非常開心！

（然後我想，當大家翻到背面看到封底時應該會會心一笑！）

另外，二〇一九年六月十五日，我會在富士見L文庫出版一本名為《神的藥草園　鎌鼬

的傷藥》的小說。

內容是現代和風妖怪奇幻故事。

裡頭有許多個性豐富的鐮鼬們登場，我看了傳給我的封面草稿後覺得非常好看，在一旁陪襯的鐮鼬們可愛到讓我差點窒息，好可愛……！

這部作品也請大家多多支持！

其實這部《轉生後的我～》也是一樣，共通點大概就是「可愛」吧。

本集封面上的艾倫也是這樣，因為我嘟囔：「要是讓艾倫穿制服，絕對很可愛……？」結果就做出這種封面了。後來我還喧鬧地企圖一不做二不休，讓所有人都穿上制服～！

而且我也寫出媽媽的走光服務了，我超滿足（笑）。

承續上一集，這次也購買了本作的人們、在網路上替我加油的各位。

給了我諸多照顧的責編K大人、M大人、T大人、校對大人以及封面設計大人。

在百忙之中替我繪製插圖的keepout大人。

SQUARE ENIX的責編W大人，還有負責漫畫化的大堀ユタカ大人。

真的非常謝謝各位！

希望我們下一集還能再見。謝謝大家！

轉生成蜘蛛又怎樣！ 1~12 待續

Kadokawa Fantastic Novels

作者：馬場翁　插畫：輝竜司

為了追求自己所認定的「和平」，
勇者與魔王站上互相對立的位置——

人魔大戰終於爆發！阻擋在新魔族軍面前的，是唯一有能力殺掉魔王的勇者尤利烏斯。為了實現魔王追求的世界和平，一個不分人族、魔族，盡可能殺死大量生命，還要抹殺掉勇者的計畫正式上演！這場戰爭究竟會有什麼結局呢？

各 **NT$240~260/HK$75~87**

國家圖書館出版品預行編目資料

轉生後的我成了英雄爸爸和精靈媽媽的女兒/松浦作；楊采儒譯. -- 初版. -- 臺北市：臺灣角川股份有限公司, 2021.02-

冊； 公分. -- (Kadokawa fantastic novels)

譯自：父は英雄、母は精霊、娘の私は転生者。

ISBN 978-986-524-243-5(第3冊：平裝)

861.57 109020412

Kadokawa Fantastic Novels

轉生後的我成了英雄爸爸和精靈媽媽的女兒 3

（原著名：父は英雄、母は精霊、娘の私は転生者。3）

2021年3月1日　初版第1刷發行

作　者：松浦
插　畫：keepout
譯　者：楊采儒

發行人：岩崎剛人
總編輯：蔡佩芬
編　輯：蘇涵
美術設計：宋芳茹
印　務：李明修（主任）、張加恩（主任）、張凱棋

發行所：台灣角川股份有限公司
地　址：105台北市光復北路11巷44號5樓
電　話：（02）2747-2433
傳　真：（02）2747-2558
網　址：http://www.kadokawa.com.tw
劃撥帳戶：台灣角川股份有限公司
劃撥帳號：19487412
法律顧問：有澤法律事務所
製　版：尚騰印刷事業有限公司
ISBN：978-986-524-243-5